人生洞察力丛书

人类的良心

雨果人生随笔

Victor Hugo

［法］雨果 著

程曾厚 译

SPM 南方传媒 花城出版社

中国·广州

图书在版编目（CIP）数据

人类的良心：雨果人生随笔 / （法）雨果著；程曾厚译. -- 广州：花城出版社，2025.6. --（人生洞察力书丛）. -- ISBN 978-7-5749-0431-6

Ⅰ. I565.64

中国国家版本馆CIP数据核字第2025R9A925号

人类的良心：雨果人生随笔
RENLEI DE LIANGXIN: YUGUO RENSHENG SUIBI

雨果／著　程曾厚／译

出 版 人	张　懿
责任编辑	林　菁　鲁静雯
责任校对	卢凯婷
技术编辑	凌春梅
装帧设计	DarkSlayer
出版发行	花城出版社
经　　销	全国新华书店
印　　刷	广东新华印刷有限公司南海分公司
开　　本	787毫米×1092毫米　32开
印　　张	8.25　1插页
字　　数	130,000字
版　　次	2025年6月第1版　2025年6月第1次印刷
定　　价	48.00元

版权所有·侵权必究。如发现装印质量问题，请与出版社联系。
联系电话：020-37604658　37602954

序　言

程曾厚

雨果的一生，是长寿的一生。雨果父亲活了55岁，母亲活了59岁。雨果大哥57岁过世，二哥37岁早逝。雨果妻子阿黛尔，65岁在雨果怀里闭上眼睛。雨果仅有的两个儿子，夏尔和弗朗索瓦-维克多，都在45岁时谢世。雨果的孙子乔治活了57岁，而孙女让娜活了72岁。和雨果相爱一生的情人朱丽叶，终年77岁。而雨果自己，以83岁高龄逝世。

雨果的一生，是天才的一生。雨果早慧，一生笔耕不辍。雨果是诗人，一生写下超过20万行诗句。拉封版全集有四卷诗歌，密密麻麻、浩浩荡荡的诗句，将近5000页。诗人三管齐下：两卷戏剧作品2500页，三卷小说3000多页；雨果逝世一百周年，后人发现雨果留下3500幅绘画作品。更不说大量的历史作品、评论作品、旅游文字，大量的书信，大量的日记和手记。

雨果的一生，是站在历史前面，引领历史的一生。雨果引领历史，与历史携手同行。雨果流亡十九年回国，被尊为第三共和国的祖父。法国的十九世纪，是雨果的世纪。雨果提出妇女的权利、儿童的权利，雨果一生反对死刑，雨果呼吁欧洲统一，提出欧罗巴合众国。

时至2022年年底，我国教育部审定的义务教育教科书，中小学语文教材有两篇课文，中学九年级上册选了雨果的《就英法联军远征中国致巴特勒上尉的信》，小学四年级下册收有雨果的《"诺曼底号"遇难记》。我们10岁的小学生阅读雨果的一则好故事，我们14岁的中学生阅读雨果的一篇好文章。

现在知道，雨果的这两篇课文都来自雨果的同一部作品《言行录》（*Actes et Paroles*）。《言行录》对我国读者而言可能还是个陌生的名字。何以《言行录》一部作品，竟能为我国学生提供两篇经典作品？

《言行录》是一部政论文作品，四卷，分别是"流亡前"（1841—1851），"流亡中"（1852—1870），"流亡后"（1870—1876），和"流亡后"（1876—1885）。第一卷从雨果从政到被迫出国流亡，前后10年，从39岁到49岁。第二卷雨果在大西洋英属的两个海岛，泽西岛和根西岛，孤独度过19年的流亡生活，从50岁到68岁。第三卷雨果返回法国巴黎，被尊为第三共和国的祖父，从68岁到74岁。第四卷雨果晚年到逝世，从74岁到83岁。

流亡时期，雨果出版《惩罚集》《静观集》和《历代传说集》三部诗集，分别是法国文学史上讽刺诗、抒情诗和史诗的高峰。流亡期间，1862年，雨果酝酿多年的长篇小说《悲惨世界》问世，立即成为世界文学的经典之作。

可以理解，法国的雨果研究，首先关注雨果的文学创作，一代又一代的雨果研究家，都是精益求精地研究雨果的诗歌作品，雨果的舞台戏剧，以及雨果的长篇小说。1985年雨果逝世一百周年，法国公众发现了雨果的绘画天才。

相对而言，法国雨果研究界对雨果的非文学作品，关注不够，其中包括政论作品，包括我们现在讨论的四卷《言行录》。

早在2003年，笔者在研究雨果就圆明园被毁而写的著名信件《就英法联军远征中国致巴特勒上尉的信》，研究工作不无困难，曾一度向法国的"大学校际雨果研究会"（Groupe interuniversitaire de travail sur Victor Hugo）求援，给"研究会"的秘书长纪·罗萨（Guy Rosa）教授写信。2004年3月13日，纪·罗萨教授把我的问题在研究会每月一次的例会上提出来。法国的雨果专家对《言行录》里的这篇《就英法联军远征中国致巴特勒上尉的信》并无研究，只能泛泛而论。有两位与会者，法朗克·罗朗（Franc Laurent）和纪·罗萨对此情况，不无感叹：他俩"再一次提出《言行录》的工作几乎要从头做起，手稿，先前的版本，确定文本，文前提示的出处，流亡时期文章的传播情况是新闻报道，还是散页传单，等等"①。原来，雨果的政论文作品《言行录》，却是法国雨果研究界的薄弱环节。

而雨果入选我国中小学教科书的两篇文章，都来自

---

① 程曾厚：《雨果和圆明园》，中华书局，2010，第115页。

《言行录》，而且都来自第二卷"流亡中"。很遗憾，我国至今没有雨果《言行录》的中译本，连选译本也没有。人民文学出版社2001年版12卷本《雨果文集》，收有一卷"散文"（第十一卷），幸好《言行录》的选文占了"散文"卷的大部分内容。

《言行录》有不少内容精彩而篇幅不长的好文章。尤其是《言行录》的第二卷"流亡中"。雨果在海外流亡的19年，是雨果孤苦伶仃，备受考验的时期，却又是他精神上不断蜕化，最后超凡入圣的时期。可以说，《言行录》，尤其是第二卷"流亡中"，是雨果文字创作的藏龙卧虎之地。

雨果是个人道主义作家。流亡前，他主要关心法国社会穷人，包括穷苦妇女和穷苦孩子的命运；流亡后，他进而关注全世界弱小民族和国家的命运。雨果为法国的穷人奔走呼号，为世界的弱小民族伸张正义。雨果是在流亡中，在自己被迫流亡国外的艰难岁月里，渐渐成为一颗人类的良心。《言行录》有见证雨果博爱人生的文字。

《人类的良心：雨果人生随笔》大部分内容选自

雨果的《言行录》，尤其是《言行录》的第二卷"流亡中"，选文主要有演说、书信和报刊发表的专文，篇幅一般不长。但是，书中有两篇长文：1851年写的《里尔的地窖》和1875年写的《这就是流亡》。《里尔的地窖》有一万四千多字，而《这就是流亡》长一万九千多字，几近两万字。这两篇长文占全书四分之一的篇幅。《言行录》和雨果其他的文学作品，历来没有享受到评注版或注释版的待遇，不在研究界的重点范畴之内。所以，《雨果全集》收录的《言行录》只有文本，我们期待有供研究用的"注释版"或"评注版"。这样，《这就是流亡》的文本会出现一些专家学者才能提供的资料。这给我们的翻译工作带来一些无能为力的遗憾。

这两篇长文的内容，各有其不可替代的重要性。

《里尔的地窖》是雨果访问"里尔的地窖"后已经成文的发言稿，因为政局变化，成为没有机会在立法议会宣讲的演说辞。但是，这是一篇雨果为贫穷写的辩护词。可以认为，身为作家的议员写成《里尔的地窖》，给他时间，十年以后，这位作家写出来一部《悲惨世界》，是顺理成章的事情。

雨果在《里尔的地窖》里，大声呐喊："要勇敢！请为穷人说话！"

"我们在人民的创伤面前跪下！"请听，《里尔的地窖》的结论："啊！我绝望地对你们说，因为你们知道，我和你们一样希望结束暴力事件，但是我必须和你们说清楚，那个我在里尔的地窖里看见的不幸的衣衫褴褛的母亲，四周是她六个饥寒交迫得奄奄一息的孩子，那个可怜的老妇人，发烧，饥饿，瘦削，垂头丧气，一声不吭地躺在地上，衰弱得无力伸出手来接人家给她的施舍。你们可知道，日子一到，时间来临，她会站起来，她会直立起来，她会突然长大，她会变成幽灵和巨人，这会是贫穷可悲的真面目，她会用猛然变得十分可怕的双臂，一把抱住你们的法律秩序，你们的社会秩序，你们的政府，你们的政治家，这整个旧世界，她将会对你们像雷声一般地吼叫：看清我的脸，我的名字叫革命！"

《这就是流亡》是雨果1875年编选《言行录》第二卷"流亡中"时写成的"序言"。这篇长序有十六个小节，谈论他"流亡"生活的方方面面。十九年的海外流亡造就了历史上的维克多·雨果。没有这十九年的"流亡",雨果也许只是个从政的著名诗人。是"流亡"使雨果成长,脱胎换骨,成为共和国的象征,成为传说,成为神话,1885年雨果逝世,法国为雨果举行国葬,全巴黎的人,全法国的人,全欧洲的人,来为雨果送葬,巴黎万人空巷,这是法国历史上一次空前绝后的国葬。

流亡之前,雨果更多的是法国穷人的辩护人;流亡期间,雨果进而成为全世界弱小民族和受欺凌国家的辩护人。雨果为普天下的穷人和受苦受难的人说话。雨果在《这就是流亡》中写道:"告急从四面八方向他传来,知道他从来不会在责任面前退却。被压迫者在他身上看到的是天下罪行的检察官。只要有一颗灵魂,就能接受这个使命,只要有一个声音,就能完成这项任务。正直的灵魂,自由的声音,这就是他。他听到天边的呼求声,从他孤独的深处予以响应。"雨果流亡中居住的根西岛高城街上的"高城居",成了世界良心的所在地。

我们再一次明确,我们中小学的两篇课文:《"诺曼底号"遇难记》和《就英法联军远征中国致巴特勒上尉的信》，都选自《言行录》第二卷"流亡中"。而《这就是流亡》一文是《言行录》第二卷"流亡中"的序言。《人类的良心：雨果人生随笔》中的这篇《这就是流亡》，是全译文，是第一次译成中文。

雨果的博爱人生是雨果生命价值的重要体现。

作家雨果的心中，尤其是50岁开始流亡后，有喷涌不息的爱。

我们要看到，博爱人生不仅体现在雨果的散文作品里，体现在雨果的政论文《言行录》里，还可能更多地体现在雨果的诗歌作品和小说作品里。所以，政论文作品中雨果的博爱人生，只是他博爱人生的一个侧面而已。雨果在个人的日常生活中，关注穷人疾苦，关注老弱病残，关注狱中死刑犯，关注街上乞丐，甚至关注动物，关注一匹马、一只鸟、一只蝴蝶、一只蜜蜂的记载也有很多。雨果身上，博爱人生无处不在。

目　录

事实会点燃火把

《悲惨世界》的幻景　　003
一个梦：骚乱，贫困　　005
里尔的地窖　　008
穷孩子　　045
在招待沃勒贫穷孩子的午餐会上的发言　　049

大树挺立在一片森林之上

访问垂危的巴尔扎克　　055
在巴尔扎克先生葬礼上发表的演说　　063

就约翰·布朗被判刑致美利坚合众国　068

维克多·雨果与阿尔芒·巴尔贝斯的往来书信　075

但丁七百周年诞辰致佛罗伦萨行政长官的信　080

就大仲马的葬礼给小仲马的信　087

就彼特拉克逝世五百周年给同胞的信　091

为乔治·桑的葬礼发表的演说　095

纪念伏尔泰逝世一百周年的演说　099

仰起头颅等待

致选民的信　119

就英法联军远征中国致巴特勒上尉的信　122

在洛桑和平代表大会上的讲话　126

致古巴妇女的信　137

对巴黎群众的讲话　141

就《惩罚集》致《世纪报》社长的信　144

菲安登　148

这就是流亡　153
《巴黎圣母院》第一百场演出后的发言　206
迎来八十岁生日时的演讲　209

世纪的儿子

只要孩子一出现　215
救济穷人　220
朋友，最后一句话　226
噢！千万不要侮辱一个失足的妇女　231
途遇　233
你会回你伟大的巴黎　237

附录

芳汀的由来　241

事实会点燃火把

《悲惨世界》的幻景[①]

（1846年）

昨天，2月22日，我正在贵族院。天气晴朗，虽然有太阳，又是中午，却很冷。我看见两个士兵从图尔农街带过来一个男人。此人金发，苍白，瘦削，惊慌失措；30岁上下，一条粗布裤子，光脚，穿着木拖鞋，擦伤了脚，脚踝处缠着有血的布条，算是袜子；一件短罩衫，背上有污泥，这说明他通常睡马路，光着脑袋，头发蓬松。他臂弯里夹了个面包。他周围的人说他偷了这个面包，并因此被带走。

[①] 这则标题为法国国家印刷厂版《雨果全集》所加。小说《悲惨世界》中并没有出现与本文相关的情节。但这篇文字所反映的作者心态和他创作《悲惨世界》时的心情是一致的。

经过警察署的时候，一个士兵走了进去，那人待在门口，由另一个士兵看着。

警察署门前停着一辆车。这是一辆饰有家徽的轿式马车，车灯上有公爵的冠冕，由两匹灰马拉车，两名穿鞋罩的仆人待在车后。玻璃车窗已经关上，但看得清车内铺有金花锦缎。此人盯住这辆车子的视线把我的视线吸引了过去。车子里有一位戴粉红色帽子的妇人，身穿黑色天鹅绒的长袍，白皙，美丽，容光焕发，光彩照人，正逗引一个可爱的小小孩玩，孩子一岁多一点，裹在一大堆缎带、花边和皮毛里。

这个妇人没有看到正虎视眈眈望着她的男人。

我陷入沉思。

这个男人对我不再是一个男人，而是贫穷的幽灵，这是一场还潜伏在黑夜中但正在到来的革命在现形，是革命在光天化日之下突如其来、丑陋凄惨的现形。从前，穷人和富人擦肩而过，这个幽灵遇上荣华富贵，但他们彼此没有看见，各自走去。这样可以维持很长的时间。当这个男人发觉有这个妇人存在，而这个妇人没有发觉这个男人在身边，灾难便是不可避免的了。

一个梦：骚乱，贫困[①]
（1847年9月6日）[②]

昨天夜里，我做了以下的梦。大家因为圣奥诺雷街的骚乱，谈了一个晚上的暴动。

我入梦了。我走进一条昏暗的通道。有几个男人在我身边走过，在黑暗中与我擦肩而过。我走出了通道。我在一个方形的大广场上，方形偏长，四周围着的像是大墙，或是高大的建筑物，和大墙相像，四面围住了广场。这座大墙上没有门，也没有窗；这儿或那儿有几个看不清的空洞。墙上有几个地方好像被打穿了似的；墙

[①] 标题为译者所加。
[②] 从1847年8月31日起，巴黎圣奥诺雷区发生民众骚乱，持续多天。

在有些地方一半坍塌了下来,仿佛地震过后的样子。那样子像是东方城市的广场上,光秃秃的,摇摇欲坠,荒凉破败。没有一个行人。天蒙蒙亮。石头是灰蒙蒙的。天色也是。我瞥见广场的远处有四个黑乎乎的东西,像是瞄准的大炮。

一大群男人和孩子,穿得破破烂烂的,带着惊恐的动作,从我身边跑过。

"逃命吧,"其中一人喊道,"要开炮啦。"

"我们这是在哪儿?"我问道,"这是什么地方啊?"

"那你不是巴黎人啦?"那人又说,"这是王府广场。"

我于是看了看,果然,我在这个荒芜破败、断垣残壁的吓人的广场上,认出来像是王府广场鬼魂似的东西。

这批人像一阵乌云逃走了。我不知道他们跑到哪儿去了。

我也想跑走。我跑不掉。我看到晨曦模糊中有一束光在大炮周围晃来晃去。

广场上空无一人。听得到有人叫喊:"逃命吧!马上开炮啦!"——但是,看不见是谁在喊。

一名妇女从我身边经过。她衣衫褴褛,背着个小孩。她没有跑。她慢慢地走着。她年轻,苍白,冷冰冰的,样子可怕。

她经过我身边时,转过身来,对我说:"太不幸了!面包卖到34个苏,面包店老板给的分量还不足。"

我看到那束光在广场尽头闪出火光,我听见了炮声。我醒了。

有人刚刚砰的一声关上了大车门。

里尔①的地窖

维克多·雨果在《惩罚集》的名篇《寻欢作乐》中，回忆起他对里尔的地窖的访问。面对这座阴沉的地狱，诗人感到揪心的痛苦。最初，是经济学家阿道夫·布朗基②给维克多·雨果写了一封信，由此决定了雨果对里尔地窖的访问。

亲爱的同事：

看到赤贫这个重大问题引不起大会的兴趣，我真说

---

① 里尔是法国北部的工业城市，临近比利时。
② 阿道夫·布朗基（1798—1854）是自由派的经济学家。他是革命家布朗基的哥哥。

不出来有多么难过。这是成见吗？这是无知吗？这是医治有困难吗？其实，首要的事情是了解病情，但是，有人宁可否认有病。如果吉拉尔丹①先生、你和几位想大干一场的高尚人士，你们有此决心，撇开政治不谈，仅仅以先于政治的人道的神圣名义，我建议你们这几天找一个晚上出发去里尔，仅仅待上一天时间，访问一次地窖。我熟悉地方，你们那一天学到的东西会比十年学到的还要多。如果你们愿意，我们接着去鲁昂，也只要一天够了。我谈的一点点情况被人说成是夸张，而你们将会看到的真实情况比我谈的更加严重。这是一次值得你去参与的十字军东征，可以带回巨大的财富。我来当这次死海上伤心而又神圣的航行的领航员。

问候你。

请回复。

布朗基
1851年2月3日于巴黎

---

① 吉拉尔丹（1802—1881）是法国新闻记者和政治家。1836年创办《新闻报》，1849年是立法会议议员。

我会写信或告诉吉拉尔丹。请你也告诉他,并带几个同事一起来。我们人越多,我们的声音越有影响。

1851年2月20日,维克多·雨果在里尔。3月,他开始起草这份为地底下的不幸家庭说话的辩护词。政变使雨果没有发表演说的时间和机会。

让我们搞清楚这场辩论的内容是什么。我们面对的是社会问题。这至高无上的制宪会议开会马上两年以来,有人退却,有人通过治标的法律,有人作充满善良愿望的报告,有人夸夸其谈,有人给一点甜头,有人推三阻四。先生们,白费力气。

唉!情况紧迫,而人事延迟。这是当前时代的特点。

各位先生,延迟有什么好呢?要知道,一个旧的政治秩序垮台后,像社会问题这样从深处冒出来的问题,可是一个无情的讨债人,打发他走是不容易的。必须迟早对他说清楚,必须迟早算清他的账。就在最没有准备的时候,他出现了。我们把他从普选的大门赶出去,猛然把门关上，还上好锁，可他又从预算的大门回来了。

这事情千真万确，先生们，这问题来了！——好吧！既然我们避不开它，那就见见它吧。

让我们坚定地，让我们径直地去看看这个可怕的赤贫问题，其中包括了一切社会困难。

在我看来，要让这场大辩论具有可靠的基础，应事先作一个郑重的调查，如同奥康奈尔为爱尔兰所要求的调查，作一些立法会议特派员所做的调查，公共救济委员会没有要求你们对他们的任务做自然和必需的延伸，我感到吃惊。我认为，这个委员会本来应该为赤贫问题，做另一个委员会目前正在为海军问题所做的事情，什么都要看，什么都要查问，以立法会议的最高权威深入一切地方，现场研究这些乡村的困境，访问一切制造业中心，探究地方上部分组织的努力，如同斯克里佛兄弟和马凯特等先生的努力，搜集和核对各种材料，核实统计数字，比较投诉的程度和苦难的程度，充分掌握材料后再回到此地来，再对你们说：那就是我们所见到的病情，这就是我们所理解的药方。

立法会议本应该这样考虑，本应该在充分了解情况和掌握事实的基础上作出决定。

各位先生，你们想不想了解这样的调查所具有的重大意义，这样的调查会告诉大家些什么，会揭示些什么，请你们通过事实做出评价吧。

你们都会记得，有人曾在这个讲坛上谈到过里尔，谈到里尔工人阶级的苦难。而我今天对你们发言，我很想去看看，我去看了。

对，我想让我的良知清楚明白，有人对此窃窃私语，我感到吃惊！

对，我想知道，是谁错了，是谁对了，是在申诉的反对派，还是提出异议的部长。我去了里尔。我去里尔，是与好几位和我同样对这些想法十分关心的人去的，尤其是两位尊敬的同事，一位学者，著名的经济学家，法兰西研究院的院士。

我的所见所闻，我们的所见所闻，我就告诉大家。

首先，既然仅仅陈述一件如此简单的事情，就足以引起感叹和议论，请允许我声明：我仅仅列举一些准确的、经常的、详细的、在一切意义上是真实的事实，一些与我同去的六个人和我一样所见所闻、同样能见证的事实，一些你们任何人如果愿意，明天能去核实的事实。里尔离巴黎只有几小时的路程。

我们先参观地窖。

我们进去的第一个地窖……

先解释一下。里尔的地窖是这样：通常，地窖和地窖上面的屋子没有任何联系；进入地窖有七八级阶梯，这些地窖仅仅从阶梯上方的门或挡板接受空气和光线；不过也有一些地窖有一个玻璃的天窗，街上的行人在脚下可以看到，像是个窟窿。我不知道国库是否要为从天窗进入地窖的空气收钱，如果是这样，那国库在偷钱，因为空气进不去。全家的人，男人，女人，孩子，居住在这些地下室里。

各位先生，我这儿停一下。有人会反对我说，对于这一类的贫困，已经找到了药方，已经针对不卫生住房制定了法律。我马上解决反对意见。我声明，一年来通过的种种治标的法律中，《不卫生住房法》也许是相对有效的。

我知道该项法律在里尔关闭了一些地窖，不是一百个地窖——如前任内政部部长说错的那样，他这样不自觉地损害了法律——而是二百五十个；我知道在埃塔克街上，在这条臭名昭著的埃塔克街上，《不卫生住房法》封闭了一座房子，2号。我在这座房子被封后的第二天去参观了。但是，在像里尔这样的城市里，问题在于关闭一百或二百五十座地窖吗？应该关闭一切地窖。问题在于这儿或那儿对某一座房子进行消毒或把它封上吗？应该拆除并重建整个区。

这些地窖封闭后，这些区彻底拆了再重建后，还会有一个巨大的问题留待解决。

各位先生，我们不要对自己掩盖这个问题，在像里尔这样的城市里，七万居民中有三万二千个登记在册的贫民，今天减为两万二千人，因为没有把孩子少于五个的人统计在内（如果有人对这些数字有异议，不同意，要缩小，那我很高兴，由于我的数字是现场收集的，这些数字是最有名望的人士提供的，在有说服力地完全修正之前，我以为是可靠的）。

我继续说：在像里尔这样的城市里，在我国所有劳动中心所包含的贫困总量中，有一种社会的腐败，有一种痼疾；而法律的作用正是要深入这个社会腐败的方面，法律正是要深入这个社会的腐败中去，要治愈的正是这个痼疾，为此，需要的是《不卫生住房法》或公共洗衣处的清水以外的东西。

对这《不卫生住房法》最后说句话，以后不再说了。

你们想不想评估这条法律本身固有的执行力度？

请听一个例子：

里尔一位银行家拥有四幢房子，蟠龙街1号、3号和5号，旧郊区街51号。一个专门委员会检查了这些房子，宣称这些房子不合卫生，并根据你们的法律罚房屋主人给房子消毒。这位银行家房东推三阻四。怎么推托？消极抵抗。他对期限一拖再拖，拖得法院筋疲力尽。也很简单。案件从专门委员会转到市长，从市长转到市议会，从市议会转交警察分局局长执行决定，从警察分局局长因拒不执行而转交共和国检察官，从共和国检察官转交轻罪法庭。事情从1850年6月24日拖到1851年3月14日。九个月。最后，九个月之后，分娩了。轻罪法庭宣判有四座不卫生房子的（其中有三户人家岌岌可危）、顽固的房东有罪，判决罚款二十五法郎。

情况是如此。请注意,先生们,顽固的房东还有两级法院可以利用:上诉法院和最高法院。

请根据这些情况评估《不卫生住房法》和一年来通过的一切相同性质的法律的有效程度,这些法律制定时没有通盘考虑,因此也没有产生影响。

排除反对意见后,我回到我有责任和立法会议谈起的事实。先生们,当我尊敬的旅伴和我去里尔的时候,《不卫生住房法》在里尔已经实施过了;下面便是法律留下来的情况,下面便是我们发现的情况:

我们所到的第一座地窖在水胡同2号。我把地方告诉你们。大门从上午朝着太阳洞开,因为那是一个二月的大晴天。从这座地窖里冒出强烈的恶臭,空气严重污浊,我们七个来访者中只有三人能走下地窖。第四个人想试试,没有走完楼梯的一半,这和1848年里尔行政长官的情况一样,他陪伴布朗基先生来,到地窖门口似乎透不过气来,不得不匆匆走上地面。

我们在这座地窖的楼梯尽头,找到一个老妇人和一个很小的孩子。这座地窖太矮了,只有地窖中部的一个地方人才站得直。一根根晾着旧的湿衣服的绳子给各个方向挡住了空气。深处有两张床，只是两只虫蛀的木箱，放上草垫，上面的帆布从来不洗，都变成泥土的颜色了。

没有褥子，没有被子。

我走近其中的一张床，黑暗中看清有个活人。这是个六岁左右的小女孩，躺在床上，在发麻疹，高烧发得浑身在打战，几乎赤身裸体，勉强披了件破旧的毛衣；她睡着的草垫有洞，草从洞里露出来。我们随行的一位医生让我摸摸这草。草是霉烂的。

老妇人告诉我们，她和守寡的女儿及另外两个孩子住在那儿，他们夜里回来；她和女儿是花边女工；她们每星期交付18个苏的房租，她们每五天从市里领一个面包，她们每天挣10个苏。

床边，靠近病孩的地方，有一大堆灰，发出叫人受不了的味道。这些可怜的家庭靠捡拾和出卖泥炭灰维持生计。必要时，这堆灰还是他们的床。

这座地窖的情况就是这样。

各位先生，六口人，两个妇女，四个孩子，在那儿生活！

更远处……我想省一点大会的时间，我仅仅举出几个事实。你们可由此推断其他的事实。

请注意，先生们，这些事实并不是有意选择的事实，而是最早遇到的事实，是几小时的访问中偶然提供给我们的事实。这些事实具有最大限度平均值的性质。这些事实很吓人了，可我知道还有更加吓人的事实，但是我且不说，因为我只举出我看到的事实。

在加胡同的另一座地窖里，只有四个孩子。父母亲在上班。老大是个七岁的女孩，看上去像五岁，在给正哭着的最小的孩子摇摇篮。另外两个孩子傻乎乎地蹲在大姐身旁。先生们，这四个孩子在地窖里，孤零零的，穿得破破烂烂，脸色铁青，一动不动，一言不发，垂头丧气。恶臭的气味，绳子上晾着破衣服，地上一摊一摊的水，是院子里的渗水沿着地窖的墙流下来的，我不想给你们描写这种贫困的景象！

别处，埃塔克街14号，一条黑黑的流淌着恶臭溪水的小巷子，把我们引到一座四周围着破房子的狭窄院子。我要说，我们随便走进第一个房子。屋里有个女人在抽泣。这个女人叫欧也妮·瓦托，生过两个孩子。一个三个半月死了。另一个有病,患的是和第一个孩子一样的淋巴病。

至于母亲,她正在丧失视力。特殊的劳动条件,加上这些不幸的家庭生活的不健康气氛,导致的眼炎会造成失明。她独自和孩子一起生活。她哭着对我们说:如果我劳动,我眼睛会瞎,如果我不劳动,我们会饿死。

就在旁边,在隔壁的屋子里,在没有家具的房间尽头,一个织网的工人,患肺结核,三十五岁左右,躺在破床上。我们从门外就听到他喘气的声音。你们不是不知道,先生们,一旦无法采取因极端的贫困不得不放弃的卫生措施,某些不卫生的工业,尤其是梳理亚麻,会引发某种肺结核。

在患病工人的上面,到第二层,因为并没有中断,种种痛苦都是相互衔接的,压在这些苦难居民身上的贫困的锁链一个环节都不少,我们找到一个守寡的妇女。她患癫痫病。她织花边,每天挣三个苏。她有三个幼小的孩子。老大每周挣十五个苏,老二还没有劳动,最后一个是闺女,母亲对我们说她很"苦恼",意思是她是瘰疬患者。他们四个人,母亲和孩子,就睡在那儿的草垫上，没有褥子，没有被子。他们从来不生火。

我问这位寡妇：你们靠什么生活？她回答我说：我们有面包就吃。

我停一下，先生们，我不想多举这些痛苦的细节，除非有不谨慎的反对意见迫使我这样。请你们想象一下有些街道，整条街道每走一步都会碰上这样的景象，最可悲的穷困处处以各种形式令人激动不已。我的旅伴和我在里尔只逗留一天时间；我再说一遍，我们在这些不幸的街区只是随便走走；我们走进去的是最早碰到的屋子。好啊！我们没有推开一扇门，也没有在这扇门后面发现一种贫困现象——有时候是一个人生命垂危。

请想象一下这些地窖，我告诉你们的地窖情况都能给你们以形象；请想象一下这些胡同，他们称之为"小胡同"，夹在高高的破房子中间，黑暗，潮湿，冰凉，恶臭，充满挥之不去的腐烂气味，堆满垃圾，井旁就是粪坑！

哎，我的上帝！此刻真不是推敲语言优雅的时候！

请想象这些屋子，这些破房子从上到下有人住，一直住到地底下，腐水通过马路渗进这些有人住的洞穴。

有时候，渗入一幢破屋子里的十户人家，渗入一间屋子里的十个人，渗入一张床上的五六个人，不同的年龄、不同的性别，混在一起，阁楼上和地窖里同样可怕，陋室里冷得哆嗦，没有足够呼吸的空气。

我在救世主森林路上问一位妇女："你们为什么不打开窗子？"——她回答我说："因为窗框都腐烂了，我们一开窗，会粘在手上的。"——我盯着问："那你们从来不开窗？"——"从来不开，先生！"

请想象患病的孱弱的居民，一些站在门槛上的幽灵，迟来的成年，早熟的衰老，青少年看来以为是孩子，年轻的母亲看来以为是老太，瘰疬，佝偻病，眼炎，白痴，难以想象的穷困，到处是破衣服，有人指给我看一个戴银耳环的女人，像是稀罕的事情！

而在这一切的中间，是不间断的劳动，艰苦的劳动，没有足够的睡眠时间，男人劳动，女人劳动，成年人劳动，老年人劳动，儿童劳动，残疾人劳动，加上经常没有面包，加上经常不生火，加上这个瞎眼的妇女有两个孩子，一个已经死了，另一个快死了，加上这个有肺结核的织网工人已奄奄一息，加上有癫痫病的妇女有三个孩子,每天挣三个苏!请你们想象这种种的一切,而如果你们抗议,如果你们怀疑,如果你们否认……

啊!如果你们否认!好啊,劳驾你们外出几个小时,有怀疑的人,随我们来,我们会让你们亲眼看到、亲手摸到这些伤口,这些称之为人民的基督在流血的伤口!

啊!各位先生!我不责怪任何人心肠不好,如果此刻对我说的话感到恼火的人也曾看到我看到的事情,如果他们也曾和我一样,看到不幸的孩子披着一个冬天都不干的湿的破衣服;别的孩子总想睡觉,因为为了每天挣那倒霉的三四个苏,有人早早地剥夺了他们的睡眠;别的孩子总是肚子饿,在街上,在泥巴里找到几片绿叶子,擦擦干净就吃了。如果他们也曾看到这些可怜的小生命的父母亲,他们的痛苦更大,因为他们既为自己,也为他们孩子而痛苦。如果他们也曾和我一样,看到这一切,他们也会和我此刻一样心里难受,我可以肯定,我可以认为他们也肯定,他们不会打断我的话,他们会支持我,他们会对我喊:要勇敢!请为穷人说话!

因为,我的上帝啊!你们为什么会误解啊?为穷人说话，不是为打倒富人说话！不论你持什么观点，这难道不是你们每个人的意见吗？看到有人在受苦，大家再也没有政治激情了！而大家在内心深处感到自己只是一颗和他们同样受苦的心，只是一个为他们祈祷的灵魂！

各位先生，请去鲁昂，请去里昂，请去兰斯，请去亚眠，请去图尔宽，请去鲁贝，请访问本地巴黎，细致地访问我们的圣安东郊区和圣马索郊区，你们会看到和我对你们指出的事实相同的事实，看到更加糟糕的事实！走出城市，探索乡村，乡村也是，如同我们尊敬的同事阿拉戈①对你们所说的，无法形容的匮乏会站立在你们面前，你们只会找到一样东西可以和工业的困境相提并论，就是农业的困境。

下面，我对这一切补充四行字，是我从《通报》上节选的布朗基先生完成一项官方使命后向法兰西研究院所作的报告中的四行字，仅仅是四行字：（在法国）没有睡过床单的人数以十万计，其他的人从来没有穿过皮鞋；只喝水的人，从来或几乎从来不吃肉甚至不吃白面包的人数以百万计。

---

① 阿拉戈（1786—1853）是法国科学家和政治家。

当然，这是一个严重的情况。

这样的情况，陈述一下是不够的，必须探索其原因。探索原因是不够的，必须在能力许可的范围内，努力找到解决的办法。

如果我不是这样理解演讲者在这个棘手问题上虔诚的、庄严的责任，我本来是不会走上这个讲坛的。

好吧！这个情况的原因究竟是什么？

各位先生，这些原因是多方面的，千变万化，复杂，深沉，有的远，难以分辨，有的近，可以把握。

据我看来，最明显的原因之一，也肯定是最紧迫的原因，我毫不犹豫地称之为我们恶劣的财政经济制度。

我看，这是必须坚定地面对的一点。

之所以要坚定，要有力，是因为各方面，尤其是在预算委员会里，总是犹豫不决，是因为这样的犹豫不决必须克服。

再说，这是问题完全成熟的一面。

对，先生们，请想一想。你们可知道，欧洲的和平延续三十五年以来，有人已经多次向你们指出的、是我们全体当政者错误和罪行的这个恶劣的财政机制，有什么纯收益吗？你们可知道，从你们向九十亿产品征收的十八亿，即五分之一的税收中，从你们每年单单向农业劳动索取的将近九亿税收中，出来的是什么吗？你们可知道，从你们向每个强壮的青年男子夺取五分之一就业生涯的《征兵法》里出来的是什么？你们可知道，从你们行政、司法、教会、军事、海关的例行公事中，让国家负担整个官方世界、在上层确立一种穷人税和用人民的钱养活一百二十万人的例行公事中，出来的是什么？卑劣的社会联合，削弱了农业、贸业和工业，把一百多万本可以成为有用的劳动者的人变成了昂贵的寄生虫！你们可知道，从你们用入市税、费率、消费税等种种束缚组成的网眼密密的网里，目的似乎是、结果肯定是剥夺法国产品的法国市场的恶劣制度中，出来的是什么？以致你们一位尊敬的同事①对你们说得很诚恳："法国有两千二百万不消费的法国人！"

对，你们可知道，从你们保护主义的法律中，从你们让人人贫穷、让少数人富裕的关税中，出来的是什么？你们可知道，从你们并非真正信贷机构的银行机构

---

① 若雷先生。（手稿原注）

中，从你们重利盘剥的当铺中，从资本在劳动成果里享有的过大份额中，从投机享有的过大份额中，从流动债务这种盲目的游戏中，从常规军这种荒唐的奢侈中，从武装的和平这种荒诞的行为中，从三十二年来你们的种种政治体制中，从你们的经济体制中，从你们的高价体系中，你们可知道出来的是什么？两个贫困——国家的贫困和人民的贫困。请想想吧，政治家们，人民的贫困，就是骚乱；国家的贫困，就是破产！

问题，只有这个是问题。丢掉幻想。先生们，回到现实中来。让这场关于民众穷困的大辩论把我们带回到现实中来。行啊，你们要不要我给你们说？一切善良的公民心里很难过。你们知道为什么吗？因为我们不是在社会整体里看到这种随组织的法律而来的活动，而是看到这种随压制的法律而来的消沉；因为我们没有感到在政府的上面，有你们至高无上的促进作用，有属于由普选产生的大会伟大的民主压力；因为尤其是似乎你们在一切权威中最高的权威无缘无故地在减弱；因为时间在流失，因为请允许我说话直率，我们无须讨好最高的权力机构，因为我们看不到改革的有益公众的卫生工程，而是看到有失身份的、毫无意义的斗争。去年，是代表和代表之间的决斗；今年，是权力和权力之间的决斗。

这一切很可悲。多数派各主要派别的领袖们看来比以往任何时候都更不称职。公众的良心对情况总是有正确的感觉，正把人物的渺小和责任的巨大加以比较。由此产生普遍的忧虑。

正是面对这样的情况……我把问题提得宽一点，先生们，我不仅仅对委员会的报告人说话，而且对一切经济学家、对一切金融家，甚至对我们大会以外的人，对现任制度、停滞不前的制度下的一切政治家，我对他们，对每一个人说话，我对他们说：正是面对这样的情况，正是面对社会的灾难，面对这样的情况必然会带来的可怕事件，正是你们后有比藏赛①，正是你们后有1848年6月，而前有未知数，你们用一篇篇科学论文向我们全体一致地宣告，贫困毕竟是人类所固有的疾病，社会几乎已经尽力而为，也就只能改善医院、幼儿园、养老院、济贫所和乞丐收容所了！正是面对这样的情况，你们给我们带来的药方是什么？是安眠的药，是治标的

---

① 比藏赛是法国城市。

药，是一无所有！

你们是虚无在等待混沌！

各位先生，我对这些话在大会的这一边引起的激动心情感到惊讶。我已经说过，我不是对人说话，我是对制度说话。而一种制度，是一种思想；一种思想，是无人称的，而没有人士会反对无人称的。

我继续说。

我对金融家这样说：请你们自己评价自己的制度。你们以赋税的形式夺走人民的资本——劳动的资本，又以施舍的形式还给他们一小部分。

你们通过赋税的门窗，通过种种和公正、正确相反方向的税收，通过饮料税、通过入市税、通过关税、通过禁令，夺走人民的钱、人民的生命、人民的养分，又以医院、以幼儿园、以养老院、以济贫所的形式将不到百分之一的钱还给人民！而你们把这一切叫作公共救济！当代的政治家和大金融家先生们，请允许我作一个粗俗的比较，但可以让人了解我的思想：你们像是一名外科医生，他会截去一个人的一条好腿，好再给他装一条木头腿。

啊！先生们，我承认，我不明白这些窃窃私语，我不明白我试图给你们描绘这种种困境时这一边（发言人指指右边）不想听我的话。我此刻是对舆论说话吗？不，我的要求更高，我对人心说话，我对灵魂说话，我对你们基督徒、法国人和做人的感情说话！

需要我再提醒你们吗？忍受这么多苦难的同样这些阶级、同样这些人，一旦需要，正是他们如此英勇地，和大家一起，在第一线捍卫国家的土地。正是他们时刻准备着，昨天已经挺身而出，明天也将挺身而出！正是他们——他们父辈或自己，这是同一回事，他们的灵魂是相同的——正是他们，1792年组成临时的部队，奔赴前线，冲向敌人，衣不蔽体，缺枪缺炮，唱着路易·波拿巴先生的一位部长在这座讲坛上所声称的所谓爱国歌曲！

正是他们，1814年为了保卫祖国，让法国人民为拿破仑这位天才、这位英雄效力！

各位先生，我们不要忘记，如果需要，这群乌合之众,正如有人①还有这样的叫法,挫败了欧洲的各国国王,这些叫花子翻过阿尔卑斯山,这些穿得破破烂烂的人震撼了世界!对,这可怜的人民才是伟大的民族!

啊!不论我们的会议大厅里有什么分歧,这可怜的人民对我们每一个人是双重神圣的,因为他们英勇,尤其因为他们受苦!让我们在人民的胜利面前鞠躬,在人民的创伤面前跪下!

我接着从我被打断的地方继续说。

各位先生,这样的情况,我刚才已经陈述,我已寻找过原因。现在,药方在哪里?

各位先生,药方和原因同样是复杂的。今天,对问题从各个方面进行研究。此刻,高明的人士看到有多种解决办法,未来会在思想和事实的双重作用下成熟起来。至于我,我谈最简单的和最紧迫的。据我看来,最迅速可行的解决办法,最好的公共救助法,马上可实行的办法,是预算改革。

彻底的、完全的、绝对的改革。要让药方可治

---

① 1850年5月24日,梯也尔在他的演说中多次说过"乌合之众"。——原注。

大病！

各位先生，先有一句话，再往下说。但愿我刚才说的话里，但愿我要说的话里，我没有一刻想过要在民众的思想里动摇我所说的真正的预算，真实的预算，对人人有益和可用的预算，公众需要的预算。但是，很不幸，除需要的预算外，还有糟蹋的预算。我想要增加前者，我想要推翻后者。我攻击的是糟蹋的预算。仅仅如此。我死命攻击它，但我仅仅攻击它。我要说明。

此刻，我排除社会组织的一切制度，甚至是我最向往的制度。我仅仅限于既是最实际，又是最紧迫的事情。我不对你们说你们可以做什么，我只对你们说你们可以不做，或者你们本来可以不做的事情。你们可以不批准四亿一千五百万的巨款给你们的军队、给你们的海军，可以不通过已经在此讲坛上解释过的征兵制度，这样会缓解我们的财政而又不解除我们国家的武装，会让我们在无懈可击的形势下这般等待那不可避免的一天到来：欧洲的外交将会决定按比例裁军的必要措施，并结束这荒唐的武装和平，三十五年来吞噬了文明世界，这是由政治家一手造成的真正人为的公共灾难，仅仅在我国王政复辟的三十二年里，这事情说出来也可怕，让欧洲花费了一千二百八十亿的惊人数目！

我继续说。

你们可以不把每年四百万的钱给你们的奢侈外交，这外交对你们几乎是无用的，在我说话的此刻，由于三十五年的惯例俗套而软弱无力，忘记了大事要事，将绝对没有可能开始并完成大陆安全的、重大紧迫的措施，按比例的裁军谈判，给每个国家保留其相对实力的代表性，在维持大国平衡的同时，减轻各国人民的负担。如果没有这样迫切有力的裁军，不是法国，而是整个欧洲会破产！

你们可以不同意政府像去年那样，花费九十七万五千法郎用于外交人员的旅行费用。

我继续说。

你们可以像美国一样，由信徒给自己的宗教支付工资，而每年不给神职人员四千一百万，这数目还加上教堂财产提取的五千万自愿税。

你们尤其可以不给每个新红衣主教四万五千法郎的安置费，这是一百户家庭的面包！

说到这儿,既然有人打断我,我有句话要说。有人在这座讲坛上对我们说,教皇要求他从中挑选红衣主教的每个神父至少有两万法郎的年金或收入。先生们,当耶稣基督沿着革尼撒勒湖召集渔夫做自己的门徒时,他可问过他们:"你是富翁吗?"没有!他问过他们:"你是穷人吗?"而正因为他们是穷人,他才对他们说:"去开导人吧!"

我继续说,去年,出于徒然的、你们今年有理由感到后悔的和解好意,你们加重了共和国总统宪法薪金三百万的负担;众多的特别信贷和补充信贷;没有好好研究给予某些公共工程的补贴,例如——免得我们大会不高兴,我仅仅举出由前政府承担责任的一件事实,例如那些人在瑟堡港①花费的一亿五千一百万的费用中,所有的专家都同意这点,浪费了五千多万,尤其是最近需要投入八百万费用重做的劣质工程。

这两架如此复杂的机器,法国称之为司法和行政,花费你们过于昂贵的钱,而比之于英国,英国的预算刚刚感到司法有分量,而比之于美国,美国的预算刚刚感

---

① 瑟堡港是法国在大西洋上的军港兼商港。

到行政有分量!

1830年以来扔进阿尔及利亚的巨额费用花去我们七十个亿,我马上要说,我是不会遗憾的,如果让它摆脱军事制度的同时,向它这个一切权力、一切思想、一切利益的避难所推行国家法律的同时,把它并入法国的同时,一句话,把它变成法国的同时,我们把阿尔及利亚变成一个我们劳动人口过剩的有益而美好的溢洪道,而不是像现在所说的,成为一个远征的借口!

你们在窃窃私语!我坚持!

我还要说,这些远征大部分时间是劳而无功的!

你们还在窃窃私语!我还要说,这些远征有时候像是扎阿恰①的远征,为文明精神所不齿,而法国没有文明精神就不再是法国!

至于目前对小卡比利亚的远征②,我就不说了。一旦法国的旗帜被牵连进去,我就只好沉默,为我国祝福。

我继续说。

---

① 据编者原注:扎阿恰是阿尔及利亚君士坦丁省的城市,1849年法军围城52天,曾犯有暴行。
② 据编者原注:小卡比利亚的远征其实是政治阴谋,目的在于培养一批未来忠于帝国的将军。

六千万被吞没在——夏拉斯先生为你们做过毋庸置疑的计算——这场倒霉的罗马远征中，结果只有我国士兵的荣誉未受损害，而我说起来脸就发红，让战斗的耶稣会党这样成功地以法国、以解放者的法国替代压制言论的政府、替代奥地利的可耻职务！

各位先生，你们为什么窃窃私语？你们对我有什么期望？大概是把真相说出来。好吧！我就说！你们还要些什么？

我的上帝，你们是多数派，你们是我的对手，但我认出来有众多高贵的聪明人士，对待这样一个题目，你们难道真的要玩这种向自己隐瞒真相的糟糕游戏？当我们人人对此做好准备，当你们还有权压制别人在这个讲坛说话，当我们成功地糊涂起来，你骗我、我骗你，我们能骗得了事实本身吗？这骇人听闻的活生生的事实，这贫困的事实就在眼前，给我们施加压力，无法压制事实不说话，如果我们撒谎，事实会说出真相，如果我们把火炬吹灭，事实会点燃火把！因为天必须亮起来，你们看清了吗？如果天不能靠讨论亮起来，天会靠天底下的大火亮起来！

你们躲避这场天底下的大火吧，我看你们未必躲得掉。

各位先生，你们此刻争论的问题，对，这是大问题，是真正的问题，我几乎要说，是唯一的问题。这是现在和将来的悲惨之谜。每个人都以为掌握了谜底。

对于一些人，这谜底是组织慈善活动。对于另一些人，这谜底是组织劳动。对于向你们讲话的我，这谜底是民主，即由人民治理人民。

对，我这样坚持，人民，人民的贫困必须结束，人民的福利必须创造和发展，人民的劳动必须开花结果，人民的自由必须确保，人民的主权必须巩固，人民的智慧必须启发，人民的灵魂必须充满光明和宗教信仰，人民在劳动，他在受苦，他在未来借助成为机器的物质，借助成为奴隶的自然，借助成为保护人的社会，应该劳动得越来越好，受苦越来越少，这才是目的、才是一切社会哲学，也是一切实用政治最高的目的。对内，解放人民；对外，解放人类。全在于此。

各位先生，这份我刚才陈列在你们眼前的被糟蹋的预算，这些我刚才给你们细算的钱，这些我刚才一一列出的百万法郎，这些无用或有害支出中吓人的浪费，你们知道是什么？这是好几百万人吃饭和穿衣的费用！

这是穷苦人的血！这是睡干草的人的床！这是没有房子住的人的屋，这是光脚走路的人的鞋，这是衣不蔽体的人的衣服，这是在地窖里生活的人的空气，这是身上发冷的人的火，这是肚子饿的人的面包，这是正在死去的人的生命！

这些情况使众多可怜的家庭，发出这种被压在头上的社会大屋顶盖住的呻吟，可怕的呻吟声你们是听不见的，传不到你们的耳边，传不到天上，似乎消失在地底下，但是呻吟声深入地下，经过可怕的放大，深入无穷的深处，将会动摇深渊！

啊！请从预算中除去，首先由此开始，除去这些疯狂的支出，这些愚蠢的支出，这些倒霉的支出，这些吞噬钱财的浪费，除去这些百万法郎！你们是大权在握的人，你们可以这样做，你们是负有责任的人，你们应该这样做！此外，废除这些消费税，废除这些使力量、活动和健康消失的反常的税！废除这些严严实实的禁令，这些束缚，这些羁绊，这些关卡，这些入市税，它们在社会肌体的商业和工业流通中等于是人体血液流通中的结扎线！

各位先生，这是取决于你们的事情，这是掌握在你们手中的药方。要改革预算！让五亿资金重新流回到国家的新鲜血脉中来！

请把臂膀，把流通，把钱，把成百万的钱，把五亿的钱，还给有益的大工程，用于修完铁路，还给商业，还给工业，还给农业！你们问可以做什么，请做这些！你们给我们出了难题，我们把难题还给了你们！请改革预算！

你们可以做到！你们应该做到！在地产信贷基金建立之前，在德国那样的农业银行建立之前，在结社精神取得进展之前，在社会科学有新的丰富发展之前，请改革预算！我再说一遍，这是当前公共救济最好的法律！

人民的困境！你们在寻找摆脱人民困境的办法，先从不制造人民的困境开始！

正是在此刻，各个权力机关相互揪住对方的领子，彼此抵消了力量！

请对这样的情况负有责任的人自我评估一下！

至于我，我未尽到自己的责任是决不走下讲坛的。

最后一句话。

各位先生，有人在此大会上不止一次地发出过警告。有人对你们说，如同我刚才对你们说一样，但是他们所站的角度和我不同，他们站在过去的角度，而我，我站在将来的角度。有人对你们说，病在加重，潮在上涨，社会的危险时时刻刻在增加。有人对处事严格的你们揭发过死不悔改的大阴谋家、大罪犯，悲观的精神，怀疑的精神，检查的精神。好吧！我也是，我是来这座讲坛上揭发的。先生们，我对你们揭发贫穷！

我对你们揭发贫穷，贫穷是一个阶级的灾难，是每个阶级的危险！我对你们揭发贫穷，贫穷不是个人的痛苦，贫穷是社会的灭亡，贫穷产生了农民起义，产生了比藏赛，产生了1848年6月！我对你们揭发贫穷，这是穷人漫长的病危，结果是富人的死亡！

立法者们，贫穷是法律最不共戴天的敌人！请追究它，打击它，摧毁它！

因为，我将永不疲倦地说，我们可以摧毁贫穷！贫穷不是永恒的！

不！我不管有窃窃私语还要再说，不，贫穷不是永恒的！贫穷的法则是衰退和消失。贫穷和无知一样是黑夜，而黑夜永远被白昼取代。

顺乎自然，让老天来工作，就会摧毁贫穷。好吧！顺乎自然以外，再加上人的努力、上帝的作用以外，再加上社会的作用，我们一定会胜利。

我知道，有一条主教的训谕，曰："贫穷是必要的。"可是，耶稣说过："贫穷将消失！"

各位先生，在肯定的上帝和否定的神父之间，谁敢说："我赞成神父，反对上帝！"

各位先生，形势紧迫，赶快考虑！我们以公众危险的名义恳求你们。

啊！请想一想，当时间临近，当时刻来临，当事到尽头，你们可知道，在开始革命之前，什么是最有说服力的，最抵挡不住的，最可怕的，不是梯也尔先生签署的1830年的记者抗议书，不是奥迪隆·巴罗①先生1847年挥舞的宴会，不是夏多勃里昂，不是拉马丁，甚至不是米拉波，甚至不是丹东，而是一个孩子对妈妈喊：

---

① 奥迪隆·巴罗（1791—1873），法国政治家，1847年为改革选举，曾发动一场"宴会运动"。

我饿!

演说的手稿在结尾处,附有一本雨果带往里尔的小册子,日期是1851年2月20日。

小册子里有现场的记录。以下是几个片段。

这样,我说"有个人最近几天饿死了",不仅没有夸张,而且我把实情说得轻了。我本来可以和应该说:"昨天有个人饿死了,明天也会有人饿死的。"

另一个例子:——请允许我坚持说,因为这个例子会让我说出一些你们应该知道的事情,而让我马上进入主题的核心。

有人最近在这座讲坛上说起里尔的地窖。

内政部部长先生那次申明,在里尔的市委员会访问过的三千栋住房中,只有找到"一百五十栋不合卫生"。

各位先生,这是贫困的案件在预审。我们登上这座讲坛,我们像是证人在说话。你们坐在这些凳子上,你们应该像法官一样听好。

我所见到的事情如下,我是第八个人。我们主要是三个人民代表。一位经济学家,研究院院士带领我们,有一位里尔的名流协助。

***

我应该说,多处最可怕的地窖已经关闭了;其中有布朗基先生第一次探访里尔时所见到的,没有床,没有一捆干草,没有破布做被单,地上挖个洞,让孩子睡觉。

我还应该补充说,这些地下通道在我们来访前两三天给关上了,可能里尔的地窖估计我们要来。

你们看到,先生们,这次访问并非完全无益。

维克多·勒弗朗先生是个极端稳重的人。在他看来,去看里尔的地窖不够稳重。

1851年2月,我建议他去。他拒绝了。

***

你们看见了,先生们,我对你们谈计算,我对你们谈数字,我像个政治家对你们说话,我铁石心肠。不过,我向你们恳求药方时,这是我在当前形势下认为是唯一有效的药方,我必须先指出这贫穷从何而来,再告诉你们这贫穷情况如何。

我必须放在各位眼前的,不是全景,请放心,而仅仅是一角——这些贫困阶级的一角情景,此时此刻,纵然宪法里有博爱,纵然福音书里有更高的博爱,我要说,压在他们的身上,有过度的劳动,有菲薄的工资,有失业,有被迫的、要命的无知,有过早的残废,有童年的衰老,有匮乏,有疾病,有卖淫,有种种折磨!

***

各位先生,必须在这座讲坛上揭露这种迟钝,这种麻木,这种推迟改革的要命体制,各种权力机构的昏昏沉沉;必须唤醒政府,唤醒政治家,唤醒多数派;必须告诉你们,一部分民族的贫穷已经到了何种地步,必须告诉你们,承担预算最重部分的劳动阶级的苦难已经到了何种地步;必须把病情展示给顽固派看,迫使他们用药;对于在深渊旁边昏睡的人,必须警告他们,刺激他们,激励他们,纠缠他们。我来帮你们这个忙。我来完成这个责任。

***

如果你们允许我用一句话,概括我认为属于我们至高无上的大会的伟大作用,我希望大会更多一点地关心里尔地窖里发生的事情,更少一点地关心爱丽舍宫候见厅里发生的事情。

***

啊!我绝望地对你们说,因为你们知道,我和你们一样希望结束暴力事件,但是我必须和你们说清楚,那个我在里尔的地窖里看见的不幸的衣衫褴褛的母亲,四周是她六个饥寒交迫得奄奄一息的孩子,那个可怜的老妇人,发烧,饥饿,瘦削,垂头丧气,一声不吭地躺在地上,衰弱得无力伸出手来接人家给她的施舍。你们可知道,日子一到,时间来临,她会站起来,她会直立起来,她会突然长大,她会变成幽灵和巨人,这会是贫穷可悲的真面目,她会用猛然变得十分可怕的双臂,一把抱住你们的法律秩序,你们的社会秩序,你们的政府,你们的政治家,这整个旧世界,她将会对你们像雷声一般地吼叫:看清我的脸,我的名字叫革命!

穷孩子

（1867年12月圣诞节）

我看到这么多人围着区区小事，总是感到局促不安。我是个孤独的人，每年一次，打开家门。为什么？为了给想看的人看一个平凡的节日，给40个穷孩子一小时的欢乐，不是我给的，是上帝给的。整年是穷日子，有一天欢乐。这算多吗？

女士们，我是对你们讲话的，把孩子的欢乐给谁看，还不是给好心肠的女人？——看到这些孩子，请你们每人想想自己的孩子，在你们力所能及的情况下，从童年起实现人和人的兄弟友爱，你们是幸福又幸运的母亲，让富孩子不被穷孩子妒忌！要播撒爱心。只有这样，我们才会让未来平静。

如同我去年在同一情况下所说的，给40个孩子做点好事，是件微不足道的事情；但是，如果这40的数目在全体好心人的支持下，能无限地增加，那就是一个好的榜样。正是出于这个宣传的目的，我曾经同意给在高城居建立的"穷孩子晚餐会"做一点广告。

所以，这个小小的基金有两个目的：卫生的目的和宣传的目的。

从卫生的角度看，这个活动成功吗？成功的。证明如下：在高城居建立"穷孩子晚餐会"的六年以来，参加的40个孩子中，只有两个死亡。六年间有两个！我提供这个事实，请卫生学家和医生们考虑。

从宣传的角度看，这个活动成功吗？成功的。根据这个范例为穷孩子建立的每周一次的晚餐活动，开始在各个地方推广：瑞士，英国，尤其是美国。我昨天收到一份英国报纸，《利斯导报》，极力劝告开展这样的活动。

去年，我给你们读过一封附在《泰晤士报》上的信，宣布伦敦建立了320个孩子的晚餐会。今天，这是汤普逊夫人写给我的信,她是玛丽勒本教区"穷孩子晚餐会"的司库,他们接受了6000个孩子。从320个到6000个,一年之间,真是辉煌的进步。我祝贺,我也感谢我高贵的通信人汤普逊夫人。感谢她和她可尊敬的朋友们,这个孤独者的想法开花结果了。根西岛的小溪到伦敦流成了大河。

最后一句话。

每个人,只要我们活着,我们在尘世就有各种各样的责任。上帝首先要我们完成艰巨的责任。我们应该为了人人的利益而斗争;我们应该与强者和权贵进行斗争;我们应该揪住暴君,不管他是谁,从虐待牲口的车夫,到压迫人民的国王,这都是艰难的不可不做的事情。如果生活里只有这样的事情,是太艰苦了。有时候,人筋疲力尽,可以说是由于有责任,会提出要求。我们转问良心,良心回答说:你要我怎么做?下一步便是责任的事情;不过,我们的斗争会停一下,我们于是好好看看孩子们,这些穷孩子,生命庄严的黎明照得清纯的脸蛋光光的,红红的,我们感到激动,我们从愤怒转而感动,我们这才理解了完整的生活,我们感谢上帝，如果说他给我们权贵和坏人，要我们与之斗争，他也给我们无辜和弱者，要我们去扶持，我们有艰巨的责任之余，他给了我们迷人的责任。后面的责任多少安慰了前面的责任。

在招待沃勒贫穷孩子的午餐会上的发言

（1884年9月25日）

三年来，维克多·雨果每年夏天接受保尔·默里斯的邀请，到海滨的沃勒住几天。村里的人都认识他，尊敬他，喜欢他。雨果尤其以他的微笑，赢得了孩子们的喜爱。

1884年，他想为沃勒的孩子们做他从前为根西岛的孩子们做过的事情。雨果在佩尔蒂埃大饭店的大厅里，设宴两桌，招待全镇最贫穷的100个孩子，最小的年龄不足三岁。宴会前，孩子们还进行了实物抽奖，共设奖金500法郎，人人中奖。是日，音乐奏起《马赛曲》，雨果入场，沃勒市长向雨果致辞，村小学教师带领学生朗诵诗歌。雨果和小学教师握手，并作如下发言。

我亲爱的孩子们：

到了沃勒，我在你们家里；所以，请你们迎接我，就像我的孙子乔治、孙女让娜在我家里迎接我一样。你们也是，也是孙儿孙女，在你们中间，我想做什么人，我又是什么人？是老爷爷。

你们都还小，你们都开心，你们在笑，你们在玩，这是幸福的年龄。好啊，你们是否想——我不说永远幸福，你们以后会知道这并不容易——你们是否想永远不要很不幸？如果是这样，要做两件事，两件很简单的事：有爱心，要劳动。

好好地爱爱你们的人；今天爱你们的父母，爱你们的母亲；这样以后会教会你们爱你们的祖国，爱法兰西，这是大家的母亲。

以后，要劳动。现在，你们学习掌握本领，学会做一个人，你们好好学习了，你们让自己的老师们满意了，你们就不再轻松了，就不再精力充沛了？你们就没有劲头玩了？总是会的；学习吧，你们心里会满足的。

我们的心里满足了,我们开心了,一个人才不会完全不幸。

现在呢,我亲爱的各位小客人,我们只要想在一起很快活,请你们给我的午餐会赏光,给我好好地吃。我好想你们和我在一起也能很开心,像我和你们在一起很幸福一样。

一只只小手高兴地拍手。维克多·雨果坐下,他是唯一的"大人",四周是他七十四位小宾客,由佩尔蒂埃大饭店的女服务员们和保尔·默里斯的三个女儿负责招待。

大树挺立在一片森林之上

访问垂危的巴尔扎克[①]

1850年8月18日,我妻子白天往访巴尔扎克夫人,告诉我巴尔扎克垂危。我匆匆赶去。

一年半以来,巴尔扎克先生患心脏肥大症。二月革命以后,他去了俄国,已在俄国结婚。他出发前几天,我在大街上遇见他;他叫苦不迭,呼吸时喘着大气。1850年5月,他返回法国时,结了婚,有了钱,但垂死了。他回国时,已经两腿浮肿。四名医生为他听诊。其中一位路易先生7月6日对我说:"他活不了一个半月。"这和弗雷德里克·苏利耶[②]患的是同样的病。

---

① 标题为译者所加。
② 弗雷德里克·苏利耶(1800—1847),法国小说家,剧作家。

8月18日,我叔父路易将军在我家吃晚饭。饭一吃完,我辞别叔父,搭乘出租马车,直奔博容区的福图内大街14号。巴尔扎克先生住在那儿。他早先买下了博容先生府第余下的房子,是碰巧没有拆除的几间低矮的屋子。他把这几间破屋子布置得十分华丽,成为一座可爱的小公馆,大车门开在福图内大街上,而花园只是一个狭长的庭院,石板路上到处是插进来的花坛。

我按了门铃。皎洁的月色蒙上了云。街上空无一人。没有人出来。我第二次按铃。门开了。一个女仆出来,端着一个烛台。

"先生有何贵干?"她说。

她在哭。

我报上姓名。她把我带进一楼的客厅,厅里正对壁炉的托座上有一尊大卫①雕的高大的巴尔扎克大理石像。客厅正中有椭圆形的华丽桌子,上面点了一支蜡烛,桌子的脚是六尊镀金的小雕像,十分雅致。

又来了一个哭泣的女人,对我说:

"他奄奄一息了。太太回国去了。医生从昨天起都

---

① 大卫(1788—1856),应是昂热的大卫,法国雕刻家。

撇下他不管了。他的左腿上有创口。长了坏疽。医生都束手无策。他们说先生的水肿是一种血块黄层性水肿，一种浸润，这是医生的话，说皮肤和肉像是油脂，无法给他做穿刺。唉，上个月，先生在睡觉时撞上了一件有人像的家具，皮肤撞破了，他体内的水分流了出来。医生们说：'得！'他们都很吃惊，以后他们就给他做穿刺。他们说：'仿效自然。'但腿上生了脓肿，是鲁先生给他动的手术。昨天他们把设备撤走了。创口不再化脓，变得又红，又干，又烫。于是，他们说：'他完了！'以后再也不来了。我们去了四五个医生的家，没用。他们都回答：'无能为力。'夜里过得很不好。今天早上九点钟，先生不说话了。太太派人去请神父。神父来了，给先生行临终涂油礼。先生示意他明白。一小时以后，他握了妹妹叙维尔夫人的手。有十二个钟头了，他发出嘶哑的喘气声，什么也看不见了。他过不了今天夜里。先生，如果你愿意，我这就去找叙维尔先生，他还没有睡。"

女仆去了。我等了片刻。蜡烛光下，几乎看不清客厅里的家具，也看不清挂在墙上的几幅普尔布斯①和霍尔拜因②的精美油画。大理石胸像站立在这片朦胧的黑影里，像是那即将逝去的人的鬼魂。屋子里满是一股死尸的味道。

叙维尔先生进来了，对我证实了刚才女仆对我说过的话。我提出想看看巴尔扎克先生。

我们穿过一条走廊，我们登上铺有红地毯的楼梯，楼梯上堆满艺术品，花瓶、雕像、油画、放有珐琅的餐具橱柜，又走过一条走廊，我瞥见一扇开着的门。我听到一阵嘶哑的喘息声，很响，阴森森的。

我到了巴尔扎克的卧室。

这间房间的正中放了一张床。桃花心木的床脚和床头，装有横木和皮带，表明是用来搬动病人的悬挂设备。巴尔扎克先生躺在这张床上，头靠着一大堆枕头，枕头上还加放从卧室的长沙发上取来的红色锦缎靠垫。他的脸发紫，几乎发黑，向右侧垂下，胡子未刮，灰白

---

① 普尔布斯是16、17世纪之交的弗拉芒画家家族。
② 霍尔拜因是15至16世纪的德国画家家族。

的头发，剪得很短，眼睛张开，直直的。我从侧面看他，他这样像皇帝①。

一个看门的老妇人，一个男仆，待在床的两边。枕头后面的桌子上点了一支蜡烛，靠近门的五斗橱上也点了一支。床头桌上放着一把银壶。

这一男一女带着恐怖的表情，一言不发，听着垂死的人在嘶哑地喘气，声音很响。

床头的蜡烛把一张年轻人的画像照得很明亮，粉红的脸，露出微笑，挂在壁炉旁边。

床上散发出一股难闻的味道。我掀开被子，握住巴尔扎克的手。手上都是汗。我紧紧地握手。他对此没有反应。

我一个月前来看他时，也是在这个房间。他那时开开心心，充满希望，对自己的病能治好没有怀疑，还笑着把浮肿处给我看。

我们当时谈了很多，争论政治问题。他责备我"煽动群众"。他是拥护波旁王朝嫡长系的正统派。他对我说："你怎么能如此从容地放弃法兰西世卿的称号，这

---

① 应指拿破仑。

是仅次于法国国王的最美的称号!"

他还对我说:"我有博容先生的房子,少了花园,但带有朝着街角处的小教堂开的廊台。我在楼梯上有一扇通向教堂的门。钥匙一转,我就能做弥撒了。我比起花园,更看重这个廊台。"

我和他告辞的时候,他带我出来,带到这座楼梯,走路很吃力,给我看了这扇门,他对夫人喊着说:"一定要给雨果看看我全部的画。"

看门女人对我说:

"他天亮前会死的。"

我下楼的时候,思想里带走这张青灰色的面孔;穿过客厅时,我又发现这尊纹丝不动的胸像,沉着,高傲,发出模糊的光,我把死亡比作是不朽。

回到我家里,这是星期天,我发现好几个人在等我。其中有土耳其代办里扎-贝,有西班牙诗人纳瓦莱代,有意大利流亡者阿利伐贝内伯爵。我对他们说:"先生们,欧洲将要失去一位大人物。"

他在夜里逝世。享年51岁。

他星期三下葬。

他的遗体先停在博容教堂内，遗体通过的那扇门上的钥匙，对他本人来说，可比从前这位包税人的所有天堂式花园更珍贵。

吉罗在他逝世当天为他画了像。有人想做他脸的模型，但没有成功，很快腐烂了。他死后第二天，清早，来做模型的工人们发现脸已变形，鼻子掉落在脸颊上。大家把遗体放进一具夹有铅层的橡木棺材里。

宗教仪式在木柱圣菲里普教堂举行。我在灵柩边沉思，我的第二个女儿也是在这儿受洗的，从此我再也没有见过这座教堂。内政部部长巴洛什来参加葬礼。在教堂里，他坐在我身边，在灵台前面，不时对我说话。

他对我说："这是一位杰出的人。"

我对他说："这是一位天才。"

丧礼的队伍穿过巴黎，经过一条条大街去拉雪兹神父公墓。我们从教堂出发和到达墓地时，下了几滴雨，这是这样的一天，似乎老天洒了几滴泪。

我为灵柩开路，走在右边，手执棺罩上的银球；大仲马在另一头。

墓穴在高处，在山岗上，我们到达时，已有大批人群；道路又陡又窄，几匹马要拉住往后退的灵车，爬坡很费劲。我的一边是一个轮子，一边是一座墓。我差一点被压死。几个站在墓上的围观者把我的肩膀拉到他们的身边。

我们全程都是步行。

大家把他的遗体放在墓穴里，墓穴靠近夏尔·诺蒂耶和卡西米尔·德拉维涅[①]的墓。神父念了最后的祷文，我讲了几句话[②]。

我讲话的时候，日头偏西。一座巴黎城出现在我远方，笼罩在夕阳灿烂的暮霭之中。几乎在我的脚下，有土块陷落在墓穴中，我的话被掉落在棺材上的泥土沉闷的声音所打断。

---

① 夏尔·诺蒂耶（1780—1844）和卡西米尔·德拉维涅（1793—1843）都是和巴尔扎克大体上同时代的法国作家。
② 请参阅本书《在巴尔扎克先生葬礼上发表的演说》一文。

在巴尔扎克先生葬礼上发表的演说

（1850年8月20日）

各位先生：

刚刚进入这座墓穴的人，是属于身后有公众的悲痛追随的人。在我们所处的时代，一切假象都已经烟消云散。从今以后，目光会不再注视执政的脑袋，而是注视思维的脑袋，而每当有一颗这样思维的脑袋消失，全国上下为之震动。今天，人民哀悼的是有才华的人的逝世；全国哀悼的是有天才的人的逝世。

各位先生，巴尔扎克的名字，将和我们的时代在未来留下的光辉轨迹融合在一起。

巴尔扎克先生属于十九世纪随拿破仑而来的这一代

雄劲有力的作家，如同十七世纪随黎塞留而来的一批杰出的诗才——仿佛在文明的进程中，有一条法则让思想的统治者替代刀剑的统治者。

巴尔扎克先生曾是最伟大作家中名列前茅的人，是最优秀作家中高大魁伟的人。此地，不是讲述这位显赫荣耀、至高无上的智者全部成就的地方。他的全部作品只是一部作品，这部作品生动、辉煌、深刻，我们全部的当代文明在书中带着真实性，又带着我说不出来的可怕和可畏，在书中去去来来，在书中走动，在书中运动；这部精彩的书，诗人称之为戏剧，其实应该称之为历史，这部书形式多样，风格各异，超越塔西陀①，直逼苏维托尼乌斯②，这部书穿越博马舍，直逼拉伯雷；这部书是观察，又是想象；这部书充塞真实、亲密、庸俗、粗俗、具体的内容，而有时候却通过冷不防出现的口子大大地撕裂的现实，突然令人依稀看到最阴沉、最凄惨的理想。

---

① 塔西陀（约56—120），古罗马历史学家，著有《历史》《编年史》等。
② 苏维托尼乌斯（约69—约122），古罗马传记作家，有《名人传》《诸凯撒生平》等传世。

这部宏大的奇书的作者,他自己不知道,也不论他愿意与否,不论他同意与否,是属于革命作家的强大群体里的。巴尔扎克直奔目标。他一把抱住现代社会。他从每个人身上使劲取走一点东西,从有些人身上取下幻想,从有些人身上取下希望,从这些人身上取走一声呼喊,从那些人身上取走一个面具。他搜索罪恶,他解剖激情。他发掘和探查人,灵魂、内心、肺腑、头脑,以及每个人身上都有的深渊。巴尔扎克由于天性自由、刚强的禀赋,由于有当代智慧的特长,能更好地预见人类的结局,更好地明白天意,在从事这些产生莫里哀的忧郁伤感,产生卢梭①的愤世嫉俗的可怕研究后,从从容容、笑容可掬地脱身出来。

这就是他在我们中间完成的事业。这就是他为我们留下的作品,高大、坚实的作品,打下坚固的花岗岩基础,纪念碑!从今以后,他的声誉将会在作品之上熠熠生辉。伟大的人物打造自己的基座,未来负责为他们树立雕像。

他的逝世使巴黎感到震惊。他返回法国有几个月

---

① 卢梭(1712—1778),十八世纪作家,启蒙运动的哲学家。

了。他感到死期临近，他想到要重见自己的祖国，如同出发远游的前夜，回来拥抱自己的母亲！

他的一生是短暂的，但又是充实的；这一生里的作品多于岁月！

唉！这位坚强的永不疲倦的劳动者，这位哲人，这位思想家，这位诗人，这位天才，生活在我们中间，是这样充满风雨、搏斗、争论、战斗的一生，古往今来，这样的一生是一切伟人都有的一生。今天，他安息了。他从争议和仇恨中出走。也是今天，他进入光荣和坟墓。从今以后，他将在我们头顶上这一切的浓云之上，在祖国的星辰里闪闪发光！

你们出席葬礼的每一个人，你们就不想妒忌他吗？

各位先生，面对如此重大的损失，不管我们的悲痛多大，对这样降临的灾难，我们只好节哀，灾难再令人心碎，再损失惨重，我们也只能接受。在当今时代，不时有一位伟人的谢世给因为怀疑、因为怀疑论而痛苦的心灵送来某种宗教的震动，这也许是好的事情，也许是必要的事情。当老天让人们直接面对死亡之谜时，当老天让人们为最大的平等，也是最大的自由——死亡而沉思时，老天才知道他的用意何在。

老天才知道他的用意何在，因为这才是至高无上的教导。一颗崇高的心灵庄严地进入另一种生命，一个以天才看得见的翅膀长期在人群上空翱翔的人物，突然张开另一种视而不见的翅膀，猛然地冲入未知的世界时，人人的心中只会有庄严肃穆的思想！

不，这不是未知的世界！不，我在另一个悲痛的场合已经说过，我将不厌其烦地重复，不，这不是黑夜，这是光明！这不是结束，这是开始！这不是虚无，这是永恒！听我讲话的各位，这不对吗？像这样的棺木，就是永恒的证明；面对某些杰出的死者，我们更加清晰地感到这个生灵有神圣的命运，这个生灵穿越地球，来受苦受难，来荡涤心灵，被称之为人，我们会想，这些人生前是天才，死后不是灵魂，这是不可能的！

就约翰·布朗被判刑致美利坚合众国

约翰·布朗在美国被判刑的消息传到欧洲,维克多·雨果大为激动。1859年12月2日,这正是提醒雨果在历史的大是大非面前承担责任的日子,雨果通过欧洲自由派的报纸,发表关于美国的如下信件。

美利坚合众国:

每当我们想起美利坚合众国的时候,一个庄严的形象,华盛顿,从心中升起。

而就在华盛顿的祖国,此刻正发生如下事情:

在南方各州,还有奴隶,这样荒唐透顶的事情,必然使北方各州的良心感到十分愤怒。这些奴隶,这些黑人，有个白人，一个自由人，约翰·布朗①，决心要解放他们。约翰·布朗决心以解放弗吉尼亚州的奴隶，开始其拯救的事业。他是清教徒、修道士，朴素，满脑子的福音思想，"基督解救了我们大家"②，他向这些人，向这些兄弟，发出解放的呼喊。奴隶们被奴役得软弱无力，没有响应号召。奴隶制度造成灵魂的麻木。约翰·布朗无人接应，投入战斗；他带着少数人进行斗争；他全身中弹，他两个年轻的儿子成为圣洁的烈士，倒在他身边牺牲了，他被俘了。这就是所谓的哈帕斯费里③事件。

约翰·布朗被捕后，和四个家人：斯蒂芬斯、科普、格林、科普兰斯，刚刚接受审判。

这是怎么样的审判？我们可以说两句：

约翰·布朗躺在帆布床上，有六处伤口没有愈合，膀子上中了一枪，腰部中了一枪，隔着毯子在滴血，身

---

① 约翰·布朗（1800—1859），美国废奴主义的领袖。因武装斗争失败，以叛乱罪被绞刑处死。
② 原文是拉丁文。这是使徒圣保罗的语录。
③ 哈帕斯费里是美国西弗吉尼亚州的城镇。设有联邦军火库。1859年10月16日，约翰·布朗等人占领军火库，开始武装斗争。

边陪有两个儿子的英魂；和他同时是被告的四个人都受伤；"司法当局"匆匆忙忙，继续审判；一名公证人亨特，想快点办事，一名法官帕克，表示同意，辩论大多被取消，几乎所有的延期要求被拒绝，提出的证明材料作假或残缺不全，为被告说话的证人被排除在外。辩护受到阻碍，法庭大院里有两门炮，装有炮弹，可连续发射，给狱卒下达命令：有人试图劫走犯人，便枪杀犯人，审议四十分钟，判处三人死刑。我以名誉担保肯定地说，这样的事情在土耳其也没有发生，却发生在美国。

面对文明世界，做下这样的事情不能不受惩罚。世界的良心是一只张开的眼睛。但愿查尔斯城①的法官，但愿亨特和帕克，但愿拥有奴隶的陪审团成员和弗吉尼亚州全体居民想想这一点。有人看着他们。会有某个人在。

此刻，欧洲的目光盯着美国。

约翰·布朗已被定罪，会在12月2日（即今天）被

---

① 查尔斯城是西弗吉尼亚州西部的城市。1859年，布朗在此地受审并被处死。

绞死。

刚刚传来消息。他获得一次缓刑期。他将于16日被处死。间隔很短。在此期间,一声怜悯的呼喊能被人听到吗?

无所谓!大声喊出来是责任。

也许,第一次缓刑之后会接着有第二次缓刑。美国是一片高贵的土地。在自由的国家里,人道的感情会很快觉醒。我们希望约翰·布朗会得救。

如果不是这样,如果约翰·布朗12月16日死于绞刑架,是多么恐怖的事情!

布朗的刽子手,让我们大声地宣布(因为,国王们走了,各国人民来了,应该对人民说真话),布朗的刽子手,这不会是公证人亨特,也不是法官帕克,也不是州长怀斯,也不是小小的弗吉尼亚州;这应该是,我们想到、说出来便会发抖,这应该是伟大的美利坚合众国全国。

面对如此灾难,我们越是爱这个合众国,我们越是尊敬她,我们越是赞赏她,我们越是感到心里难受。仅仅一个州是不可能有能力侮辱其他各个州的,此地,联邦政府是有权干预的。如果不干预，在即将犯下而又可以避免的重大罪行面前，联邦变成了同谋。不论好心的北方各州如何愤怒，南方各州把北方各州拉进了这样一件耻辱的谋杀之中；我们每个人，不论我们是谁，我们共同的祖国是民主的象征，我们感到自己受到了伤害，也可以说感到自己也有责任；如果12月16日竖起绞刑架，从今以后，面对铁面无私的历史，新大陆庄严的联邦会给种种神圣的团结一致加上一次血淋淋的团结一致；捆扎这个壮丽的合众国的束棒所使用的绳索会是约翰·布朗绞刑架上的活结。

这根绳索会杀人。

当我们想到这位解放者，这位基督的战士布朗所从事的工作，当我们想到他会死去，想到他会被美利坚合众国掐死，这个谋杀行为具有了一个民族国家在犯罪的规模；而当我们在想这个民族国家是人类的一种光荣，在想这个国家和法国一样，和英国一样，和德国一样，也是文明的工具，在想这个国家经常在进步的某些崇高的大胆方面超越了欧洲，在想这个国家是一个大陆的顶峰，在想这个国家的额头上有巨大的自由之光，我们肯定会说约翰·布朗不会死的，因为想到一个如此伟大的人民犯下一桩如此巨大的罪行，我们会感到恐怖，望而却步的。

从政治上讲，杀害布朗会是一个无法补救的错误。杀害他会给联邦造成潜在的裂缝，最终会使联邦解体。布朗的受刑可能会巩固弗吉尼亚州的奴隶制度，但是这件事肯定会动摇美国的整个民主制度。你们挽救你们的耻辱，你们杀死你们的光荣。

从道德上讲，当那天我们看到自由杀害解放完成的时候，一部分人类的光芒看来会失去光彩，正义和非正义的概念本身看来会模糊不清。

至于我，我是无足轻重的，但是我和每一个人一样，我身上有人类的全部良知，我在新大陆伟大的星条旗面前含着眼泪跪下来，我合起双手，带着深沉的孝意，祈求这个卓越的美利坚合众国考虑拯救普遍的道德原则，救救约翰·布朗，抛弃12月16日可怕的绞刑架，不要在他的面前——我颤抖地加上一句——几乎由于它的错误，一种比第一次骨肉相残还严重的罪行将要发生。

对，愿美国知道，并且想到，会有什么东西比该隐①杀死亚伯更加可怕，这便是华盛顿杀死斯巴达克斯②。

维克多·雨果

1859年12月2日于高城居

约翰·布朗被绞死。维克多·雨果为他写下墓志铭："为了基督，如同基督。"约翰·布朗一死，雨果的预言实现了。两年后，美国"解体"，残酷的南北战争爆发了。

---

① 该隐是人类祖先亚当和夏娃的长子，因妒忌杀死弟弟亚伯。是为第一次骨肉相残。
② 斯巴达克斯（死于约公元前71年）是古罗马起义奴隶的领袖。

维克多·雨果与阿尔芒·巴尔贝斯①的往来书信

1839年,巴尔贝斯被判处死刑。雨果为此写下四句诗,呈当时的国王路易-菲利普,救了巴尔贝斯一命。这四句诗后来收入诗集《光影集》:

为了你如同白鸽一样飞翔的天使!

为了这温柔、纤弱、芦苇一般的王孙!

请再一次开恩吧,请以坟墓的名义,

---

① 阿尔芒·巴尔贝斯(1809—1870),法国革命家,1839年和布朗基等人策动起义,被判死刑,由于雨果干预等原因,改为终身监禁。1848年被释放后,马上投身1848年的二月革命,后再次入狱。1854年他拒绝拿破仑三世的赦免,被违心释放后,自愿流亡国外。

以摇篮的名义开恩！

7月12日子夜

致维克多·雨果

亲爱的杰出的公民：

你在《悲惨世界》第七卷中提到的犯人，你会认为是个忘恩负义的人。

早在23年以前，他就感激你！……而他没有对你说过一句话。

请宽恕他！请宽恕他！

我在二月以前的监狱中，早已多次下过决心，一旦恢复自由，便尽快到你家里来。

真是年轻人的梦想！这一天到来时，我却像一根折断的小草一样被扔进了1848年的旋涡之中。

当初如此热切盼望着的事情，我却什么也做不了。

此后，请原谅我这么说，亲爱的公民，你崇高的天才总是制止我表达我的思想。

在我危难的时刻，我为自己得到你一线光明的保护而自豪。既然你在保卫我,我不能死。

为什么我会没有这份能力表明:我不会辜负你对我伸出的援手!可每个人各有自己的命运;而被阿喀琉斯①救出来的人并非都是英雄。

我现在老了,一年以来,健康状况非常糟糕。我总是以为我的心脏或脑袋会炸开。但是,我虽有病痛,却庆幸自己还活在世上,有感于你对我又有新的恩德②,我斗胆感谢你给我的老的恩德。

既然我说话了,为了我们神圣的事业,为了法兰西,感谢,千万遍谢谢你刚刚完成的伟大的著作。

我说:"法兰西,是因为我觉得唯有这个亲爱的贞德③和大革命的祖国才能产生你的心胸和你的天才,你是幸福的儿子,给你母亲光荣的额头戴上一顶新的光荣的王冠!"

---

① 阿喀琉斯是荷马史诗《伊利亚特》中的希腊英雄。
② 《悲惨世界》第4部第1卷第3章以赞赏的口吻,不指名地提到巴尔贝斯在1839年的事情。
③ 贞德(1412—1431)是法国的民族女英雄。

十分亲切的问候。

A. 巴尔贝斯

1862年7月10日于海牙

维克多·雨果致阿尔芒·巴尔贝斯的信

我流亡的兄弟：

当一个人像你那样，曾是进步的战士和烈士；当他为了民主和人道的神圣事业，贡献出他的财产，他的青春，他追求幸福的权利，他的自由；当他为了实现理想，可以接受各种各样的斗争，各种各样的考验，诬蔑，迫害，背叛，漫长的牢房岁月，漫长的流亡岁月；当他为了忠诚走到断头台的铡刀之下；当一个人做到了这一切，人人都欠他的，而他不欠任何人任何东西。任何人把一切给了人类，便还清了个人的欠债。

你不可能对任何人是忘恩负义的。如果二十三年前，我没有做你想感谢我的事情，那会是我，我今天看得清清楚楚，会是我对你忘恩负义。

你为人民所做的一切，我的感觉是给个人帮忙。

在你让我回忆起的年代，我尽了一份责任，一份小小的责任。如果我当时有幸给你偿付一点人人欠你的债，这一时一刻和你整个人生相比，是不值一提的，我们每个人并不因此而少欠你的债。

我的报酬，要是说我配有报酬的话，就是我的行为本身。不过，我仍然以感动的心情接受你寄给我的高贵的话，我为你宽宏大度的感激而深深地感动。

我回信时还在为你的来信激动。从你的孤独中向我的孤独照来一线阳光，真是一件美好的事情。不久再见，在这世界上，或不在这世界上再见。我向你高贵的灵魂致敬。

维克多·雨果

1862年7月15日于高城居

但丁七百周年诞辰致佛罗伦萨行政长官的信

佛罗伦萨行政长官先生：

你令人尊敬的来信使我十分感动。你邀请我参加一次崇高的庆祝活动。你们的全国委员会很想在这庄严的场合能听到我的声音；这次是尤其难得的庄严场合。今天，面对世界，意大利做了两次表现，一是确认统一，再是颂扬自己的诗人。统一，这是一个国家人民的生命。单一的意大利，才是意大利。统一起来，便是新生。意大利选择这个周年纪念日，庆祝自己的统一，似乎想和但丁同一天诞生。这个国家想和这个人有同一个生日。真是太美好了。

的确，意大利体现在但丁的身上。意大利和但丁一样，无畏、深思、骄傲、高尚，善于战斗，善于思考。意大利和但丁一样，把诗歌和哲学深刻地综合在一起。意大利和但丁一样，要求自由。但丁和意大利一样，生活里具有高贵，作品里具有美丽。意大利和但丁融为一体，相互渗入对方，从一方辨认出另一方；双方借对方发出光芒。她多么庄严，他多么杰出。双方有同一颗心，同一个意志，同一个命运。但丁和意大利在不幸时都有的这种可怕的潜能，使她和他相像。她是皇后，他是天才。意大利和他一样，曾经被放逐；他和意大利一样，现在被加冕。

意大利和但丁一样，走出了地狱。

光荣啊，这般光辉灿烂地走出来！

唉！她曾见到七层地狱[①]；她曾忍受和穿越悲惨的碎尸，她曾是个幽魂，她曾是个地理名词！今天，她是意大利。她是意大利，如同法国是法国，如同英国是英国；她复活了，令人着迷，有了军队；她脱离阴暗和凄惨的过去，她开始向未来攀登；当此辉煌的时刻，当此

---

① 但丁的《神曲》里地狱应有九层。

凯旋胜利、飞速进步的时刻，当此有文明和光荣的太阳当头高照的时刻，意大利回忆起但丁曾是其火炬的漫漫长夜，这是一件好事情。各国伟大的人民感激伟人是个好榜样。不，不要让人家说各国人民是忘恩负义的。在某个时刻，一个人成了一个民族国家的良心。国家颂扬这样的人，证明自己有良心。可以说，国家请自己的思想作为证人。意大利人，要热爱、维护和尊重你们杰出的和卓越的城市，要尊敬但丁。你们的城市曾经是祖国，但丁曾经是灵魂。

六个世纪便是但丁的台座。世纪更迭，文明的面貌变化。每一个世纪几乎就是一种人类，我们可以说，但丁的不朽得到六个新人类的确认。未来的人类会把这样的光荣继续下去。

意大利曾经生活在光明的人但丁身上。

意大利曾经长时间地隐没，隐没期间，世界感到寒冷；但是意大利活着。我甚至说，意大利在阴影里还在发光。意大利曾经躺在棺材里，但并没有死去。文学、诗歌、科学、建筑、发现、杰作，便是她有生命的征兆。从但丁到米开朗琪罗，有多少光明照在艺术上！

下面有哥伦布,上面有伽利略,地上天上是多么巨大的双重突破!这是这个意大利,这个死人,在完成这些奇迹。啊!当然,她活着!她从墓室的深处,以光明提出抗议。意大利是一座有曙光升起的坟墓。

受到压制的、绑着锁链的、鲜血淋淋的、被埋没了的意大利,教育了世界。她嘴里咬着嚼子,却有办法让她的灵魂说话。她掀起尸衣的一角,为文明服务。不论我们是谁,只要会读会写,母亲啊,我们尊敬你!我们和尤维那利斯①一样,也是罗马人,和但丁一样,也是佛罗伦萨人。

意大利的这点令人赞叹,她是先驱者的大地。在她家里,我们在她的各个历史时期,处处看到有伟大的开端。她不断为进步勾勒崇高的草图。能有这样神圣的首创精神,要祝福她!她是使徒,是艺术家。她憎恶野蛮。她第一个阐明了刑罚过分,生前和死后都是如此。她两次为反对酷刑而发出紧急的呼救,首先是为了撒

---

① 尤维那利斯是公元前一世纪的罗马讽刺诗人。

旦，接着是为了法里纳奇①。揭露教条的《神曲》和揭露法律的《犯罪和刑罚》②之间，有深刻的联系。意大利憎恨恶。她既不罚人入地狱，也不罚人入监狱。她和两种形式的凶神作斗争，或是地狱的形式，或是绞架的形式。但丁进行了第一场战斗，贝卡利亚进行了第二场战斗。

在其他方面，但丁也是先驱者。

但丁在13世纪酝酿19世纪开花结果的思想。他早就知道任何成就都不应该违背权利和正义，他早知道成长的法则是神圣的，他希望意大利统一。他的乌托邦今天成了事实。伟人的梦想是孕育未来。思想家的思考是和应该存在的事物相符合的。

格鲁特③和罗伊希林④为德国要求的统一，但丁为意大利要求的统一，不仅仅是民族国家的生命，也是人类的目标。凡是分裂消失的地方，恶也消亡。奴隶制度即

---

① 法里纳奇（1544—1618），意大利法学家。他在贝卡利亚的改革之前，对罗马法系国家的刑法学有影响。
② 《犯罪和刑罚》是意大利经济学家、法理学家贝卡利亚（1738—1794）提倡刑法改革的著作。
① 格鲁特（1340—1384）是15世纪德国宗教组织实行改革的倡导者。
④ 罗伊希林（1455—1522）是德国人文主义者。

将在美国消失,为什么?因为统一即将重新诞生;战争即将会在欧洲熄灭,为什么?因为统一即将会形成。灾难的垮台和人类大同的来临之间,有惊人的对应关系。像这次这样庄严的事情是一个美好的征兆。这是一个国家为一位天才举行的和人人有关的庆祝活动。这样的庆祝活动,德国为席勒举办,接着英国为莎士比亚举办,接着意大利为但丁举办。而欧洲有了庆祝的气氛。这一切,是崇高的息息相通。每个国家把自己的伟人的一部分给了其他国家。各国人民间的团结,通过天才的不分彼此而开始形成。进步日益走上这条光明的大道。正是这样,我们会一步一步地、没有震动地完成伟大的成就;我们是像一盘散沙的子孙,只有这样,才会进入大同的世界;只有这样,仅仅依靠事物的力量,仅仅依靠思想的强大力量,达到真诚、和平、和谐的境界;再也不会有外国人。整个世界都是同胞。这就是最高的真理;这就是不可避免的结局。人类的统一和上帝的统一是相符合的。

我以儿女的心情加入意大利的庆祝活动。

维克多·雨果

1865年5月1日于商城居

就大仲马的葬礼给小仲马的信

大仲马是在普法战争的巴黎围城期间,于外省逝世的。1872年4月16日,大仲马的灵柩运回作家的出生地维莱尔-科特莱安葬。维克多·雨果给大仲马的儿子小仲马写信。

亲爱的同行:

我从报上得知,大仲马的葬礼将于明天4月16日在维莱尔-科特莱举行。

我要留在一个病儿的身边,不能来维莱尔-科特莱了。我感到深深的遗憾。

但是,我想至少要贴近你,我的心和你在一起。在这样一次痛苦的仪式上，我不知道我是否有机会说话，头脑里充满令人心碎的激动心情，眼下一座座的坟在我面前打开；我本来是想说几句话的。我想说的话，让我写给你吧。

在本世纪，没有任何人受欢迎的程度超过大仲马；他的成功已经不是成功，而是胜利；他的成功惊天动地。大仲马的名字不仅是法国的名字，而且是欧洲的名字；不仅是欧洲的名字，而且是世界的名字。他的戏剧在全世界张贴海报，他的小说被译成世界各国语言。

大仲马是这些可以称为文明播种者的人物之一；他通过某种欢乐和高超的光明，净化人的精神，使人的精神更加美好；他使人的灵魂、人的头脑、人的智慧更加丰富；他创造了阅读的饥渴；他挖掘人心，又在人心里播种。他播下的种是法兰西思想。法兰西思想包含了大量的人道精神，结果凡是有法兰西精神深入的地方，便产生进步。像大仲马这样的人士受到的巨大欢迎，也由此而来。

大仲马诱人，迷人，吸引人，娱乐人，教育人。他的作品数量众多，内容丰富，生动活泼，引人入胜，放射出法国特有的光辉。

这位精明的建筑大师建成的令人惊叹的作品中，具有戏剧的最悲壮的激情，具有喜剧的一切讽刺和一切深刻，具有小说的一切分析，具有历史的一切直觉。

这样一部作品中，没有黑暗，没有神秘，没有地道，没有谜；绝无但丁的东西，全是伏尔泰和莫里哀的东西；处处是光照，处处是红日高照，处处是遍地光明。优点有多种多样，难以胜数。四十年间，这个奇才扑在创作上，像个奇迹。

他什么也不缺：既有战斗，战斗是责任；又有胜利，胜利是幸福。

这个奇才有能力创造一切奇迹，甚至能把自己传至后代，传至不朽。他上路时，有办法留下不走。这个奇才，我们没有失去他。你仍拥有他。你的父亲在你身上，你的声誉继续他的英名。①

大仲马和我年轻时是在一起的。我爱他，他也爱我。大仲马心气高，才气更高。这是个高尚、仁慈的

---

① 我们知道，小仲马和雨果在对待巴黎公社的问题上，持相反的态度。小仲马曾骂雨果是"崇高的蠢蛋"。

灵魂。

1857年以后,我再也没有见过他;他曾经来到根西岛,在我这个流亡者的家里坐下来,我们曾经相约以后在祖国再见。1870年9月,时机来了,而我的责任改变了,我不得不返回法国。

唉!这同一阵风刮起了相反的效果。

当我回到巴黎的时候,大仲马刚刚离开巴黎。我都没有和他最后一次握手。

今天,我出席不了他出殡的行列。但是,他的灵魂看得到我的灵魂。要不了多久,我希望,我也很快会完成我此刻不能完成的事情,我会独自一人,去他安息的地里,他在我流亡时拜访我,我会去他的墓中回访他。

亲爱的同行,我朋友的孩子,我拥抱你。

维克多·雨果

1872年4月15日于巴黎

就彼特拉克逝世五百周年给同胞的信

1874年是意大利诗人彼特拉克逝世五百周年。法国阿维尼翁市拟在7月18日、19日、20日三天组织纪念彼特拉克逝世五百周年的活动。阿维尼翁市委托沃克吕兹省省议会议长、前《南方民主报》主编圣马丁先生给雨果写信,盛情邀请他参加纪念活动。雨果复信如下。

尊敬的同胞:

你特意给我寄来的高贵而光荣的邀请,使我深受感动。我此刻留在大病初愈的孙儿身边,我为不能前来感到难过。

我对这份英勇的《南方民主报》给我留下的回忆十

分高兴。这份报仿佛是世界民主的前哨,每当我们听到《马赛曲》,就会想起它。

《马赛曲》是南方的声音,这也是未来的声音。

我很遗憾,不能到你们中间来。我本来会骄傲地以你们大家的名义,对这些高尚的意大利兄弟到伏尔泰的国家里庆祝彼特拉克表示欢迎。但是,我从远处激动地参加你们隆重的活动,这会吸引文明世界的注意力。彼特拉克曾是一个黑暗世纪里的曙光,在这称为十九世纪的进步的大南方,丝毫没有失去他的光辉。

我祝贺阿维尼翁。阿维尼翁在这值得回忆的三天里,会出现精彩的场面。我们简直可以说,罗马和巴黎在此地相遇了:罗马给彼特拉克加冕,巴黎推倒巴士底狱;罗马给诗人戴上桂冠,巴黎把国王赶下台;罗马颂扬人类的思想,巴黎把思想解放出来。

两座母亲城市这样的拥抱是很美好的。这是两种思想的拥抱。再没有更加感人和令人安心的事情了。罗马和巴黎在神圣的民主的沟通中情同手足,这真好。你们的欢呼会使这次会见具有充分的意义。阿维尼翁是教皇之城和人民之城,是过去和未来的两个首都之间的桥梁。在这个对两个国家而言都是全国性节日的日子里,我们人人都感到应由你们沃克吕兹人作为代表。你们有资格代表法国问候意大利。

这样,大陆庄严的联邦共和国开始成形。人民之间这样美好地打成一片是欧罗巴合众国的开始。

彼特拉克在自己的时代是一束光明,光明来自爱情,这是好事。他爱上一位女性,他迷住了世界。彼特拉克是某种诗歌的柏拉图;他可以说具有细腻的心灵,又具有深刻的精神;这位情人是思想家,这位诗人是哲学家。总之,彼特拉克是一颗闪光的灵魂。

彼特拉克是幸福诗人的罕见例子之一。他生前已被人理解,这个优越性荷马没有,埃斯库罗斯[①]没有,莎士比亚也没有。他没有被人污蔑,没有被人嘘叫,没有被人攻击。彼特拉克有过人世间的一切荣华,教皇的尊敬,各国人民的热情,他在街上走过时,鲜花如雨落下,像皇帝一般头戴金色桂冠,像神一般登上卡皮托利欧山[②]。让我们响当当地说句真话,他缺的是不幸。比

---

① 埃斯库罗斯是公元前6世纪到公元前5世纪的古希腊悲剧诗人。
② 卡皮托利欧山是罗马七座山丘之一,上有主神朱庇特的神殿。

起这件紫红色的皇袍，我更喜欢但丁流浪的手杖。彼特拉克缺的是某种悲剧性的东西，给诗人的伟大加上险峻的峰顶，这是天才巍巍高峰上的标志。他缺少凌辱、悲伤、羞辱、迫害。彼特拉克的光荣被但丁超越，胜利被流放超越。

为乔治·桑的葬礼发表的演说

（1876年6月10日）

女作家乔治·桑的葬礼在她的家乡诺昂举行。由雨果的朋友保尔·默里斯在乔治·桑的墓前，代为宣读雨果下面的这篇演说词。

我为她的死去哭泣，我为她的不朽祝福。

我曾经喜欢她，曾经钦佩她，曾经崇敬她；今天，在死亡庄严的肃穆中，我静静地注视她。

我祝贺她，因为她做的事情高尚；我感谢她，因为她做的事情美好。我记得，有一天我给她写道："我感谢你是一颗如此高尚的灵魂。"

我们失去了她吗？

没有。

这些高大的人物一个个离去，但是并没有消失。远非如此；我们简直可以说，他们正在实现自己。他们在一种形式上不可见了，而在另一种形式上变得可见了。崇高的脱胎换骨。

人的形体在于掩藏。人的形体掩盖了理念这神性的真面目。乔治·桑是一个理念：她脱离了皮肉，她才自由了；她死了，她才活了。"大家看见过她是女神。"①

乔治·桑在当代占有独一无二的地位。别人都是伟大的男人，她是那个伟大的女性。

本世纪的法则是完成法国大革命和开始人类大革命。其中，男女平等是人人平等的组成部分，必须有个伟大的女性。需要有女性证明她有一切男性的品质，而又丝毫不失自己天使般的品质；需要坚强，而又不失其温柔。乔治·桑便是这样的证明。

既然有那么多人给法国丢脸，就应该有人为法国增光。乔治·桑是本世纪和我国的骄傲之一。她像巴

---

① 原文是拉丁文，语出罗马诗人维吉尔的《埃涅阿斯记》。

尔贝斯有伟大的心胸，她像巴尔扎克有伟大的才智，她像拉马丁有伟大的灵魂。她的身上有一把诗琴。在这个加里波第创造了一个个奇迹的时代里，她创造了一部部杰作。

这些杰作，无须一一列举。干吗要抄袭公众头脑里记住的东西？这些杰作有分量的特征是善良。乔治·桑是善良的人；因此，她曾被人憎恨。钦佩有的衬里是仇恨，热情有的反面是侮辱。仇恨和侮辱是想证明反面的东西，却证明了正面的东西。后代来统计嘘叫时，是一声声欢呼。谁头戴冠冕，谁被众人砸石头，这是规律，卑劣的凌辱是借伟大的欢呼定尺寸的。

像乔治·桑这样的人士是公众的恩人。他们一个个经过，而他们刚刚过去，大家在他们似乎是空白的位置上，看到出现新的进步成果。

每当这样一个有分量的人物死去时，我们似乎听到一大堆翅膀拍击的声音：有东西走了，有东西来了。

大地和天空一样，会有日食月食；但是，地上和天上一样，重现紧跟在消失之后。是一个男人或是一个女人的火炬以这个形式熄灭后，借理念的形式重新点燃。

这样，我们发现，我们以为会熄灭的东西是不可熄灭的。这把火炬比以往更亮，从今以后，它成为文明的一部分，它进入人类浩大的光明，它加入进去。革命健康的长风晃动它，却使火炬越来越亮，因为，神秘的气息吹灭虚假的光亮，而维持真正的光明。

工匠已经走了，工作已经完成。

埃德加·基内①死去，但是高超的哲学从他的坟墓中出来，并从这座坟墓里给人们提出劝告。米什莱死去，但是他身后树立起的历史勾画出未来的历程。乔治·桑死去，但她留给我们在女性的天才里显而易见的妇女权利。正是这样，革命日益完整。让我们为死者哀悼，但是，要看到有东西降临；感谢有了这些自豪的先驱者，决定性的事实才来临。一切的真理，一切的正义，正向着我们走来，这就是我们听到的翅膀拍击的声音。

让我们好好收下我们杰出的死者离开时留给我们的东西；让我们面向未来，从从容容，低头沉思，祝福这些伟人出发时向我们宣布的伟大事物的到来。

---

① 埃德加·基内（1803—1875）是法国历史学家。雨果1875年3月29日在埃德加·基内的葬礼上曾发表演说。

纪念伏尔泰逝世一百周年的演说
（1878年5月30日）

一百年前的今天，一个伟人死了。他不朽地死了。他走的时候有长寿的岁月，有等身的著作，还挑起过最杰出的也是最可怕的责任，即警告和矫正良心的责任。他受到诅咒、受到祝福地走了，受到过去的诅咒，受到未来的祝福，先生们，这是荣誉的两种美好的形式。他在自己逝世的床上，一边有同时代人和后代的欢呼，另一边有扬扬得意的嘘叫和仇恨，这是过去对与它进行斗争的人恨得要命的表现。伏尔泰不仅是个人，他是一个世纪。他行使过一个职能，他完成过一项使命。很显然，他生来被选定从事这项借助他在命运的法则和自然的法则中最高尚的愿望所完成的事业。他活过的八十四年，填满了从登峰造极的君主政体到曙光初现的革命之间的间隔。他出生的时候，路易十四还在统治，他死的时候，路易十六还在统治，所以，他的摇篮见过大朝代最后的昏光，他的灵柩见过大深渊最初的微光。（鼓掌。）

在进一步谈之前，先生们，我们对"深渊"一词要说清楚；有好的深渊：这是恶跌落的深渊。（喝彩！）

各位先生，既然我停下来，请让我把想法说完整。此地不可以说任何不谨慎或不健康的话。我们到这儿来，是为了做出文明的行为。我们到这儿来，是为了对进步做出肯定，为了从哲学家身上领受哲学的恩惠，为了给十八世纪带来十九世纪的见证，为了尊敬高贵的战士和优良的仆人，为了祝贺各国人民的努力，工业，科学，勇敢的奋进，劳动，为了巩固人类的和谐，一句话，为了颂扬和平这个普天下崇高的愿望。和平是文明的美德，战争是文明的罪行。（鼓掌。）我们当此伟大的时刻，当此庄严的时候，来这儿为了虔诚地服从道德的法则，为了对倾听法国的世界说：只有一种力量，即为正义服务的良心；只有一种光荣，即为真理服务的天才。（活跃。）

这样，我继续说。

各位先生，在大革命前，社会的建筑是这样的：下边，是人民；

人民的上面，是由神职人员代表的宗教；

宗教的一边，是由法官代表的司法。

而在人类社会的这个时候，人民是什么？这是无知。宗教是什么？这是不宽容。司法是什么？是没有公正。

我还要说得更多吗？请判断。

我仅仅限于提出两件案子，但都是决定性的案子。

1761年10月13日在图卢兹，有人在一幢屋子低矮的厅里，发现一个年轻人吊死了。群众聚集起来，教士暴怒，法官查证。这是一起自杀案，被人说成一起谋杀案。为了谁的利益？为了宗教的利益。控告谁？控告父亲。他是新教徒，他想阻止儿子成为天主教徒。道德上畸形扭曲，客观情况不可能；无所谓！这父亲杀死了儿子，这老人吊死了这年轻人。司法启动，结果如下：

1762年3月9日,一个白发苍苍的人,让·卡拉斯,被带到公共广场上来,被扒光衣服,让他躺在一个轮子上,手脚捆住后悬着,脑袋垂下。绞刑架上站着三个人,一位市政长官,名叫达维德,负责监视行刑;一位神父,拿着一个十字架;加上刽子手,握着一根铁杠。受刑者惊恐万分,令人恐怖,不看神父,只看刽子手。刽子手挥动铁杠,砸断一条胳膊。受刑者惨叫后昏死过去。行政长官心情急切,有人让犯人吸一点盐,犯人醒过来。于是,又一下铁杠,又一声惨叫。卡拉斯失去知觉。又让他苏醒过来,刽子手又干起来。由于每只手脚都要砸两下,挨两下铁杠,总共受八次刑。他第八次昏过去后,神父把十字架给他吻,卡拉斯把脸转过去,刽子手给了他致命一击,就是说用铁杠粗笨的头砸烂他的胸部。让·卡拉斯这才咽了气。前后用了两个小时。他死以后,自杀的明显证据出现了。但是,谋杀罪已经犯下了。谁犯的?法官们。(十分激动。鼓掌。)

另一起案子。老人之后是年轻人。三年以后的1765年,在阿布维尔,刮了一夜大风大雨后的第二天,有人在桥面的地上捡到一个木质的老得被虫蛀的耶稣受难十字架，三个世纪以来，一直是固定在桥栏杆上的。是谁把耶稣受难十字架丢弃的？是谁亵渎了圣物？不知道。也许是路人。也许是风。罪行检举命令书如下：命令全体信徒上报知道或以为知道的某某案情，否则罚入地狱；这是要狂热谋害无辜的指令。亚眠主教的罪行检举命令书行动了；粗俗的嚼舌竟俨然是控告。司法部门发现，或者说以为发现在耶稣受难十字架被丢弃的夜里，有两个军官，一个叫拉巴尔，另一个叫代塔龙德，经过阿布维尔桥，两人喝醉了，唱过一首警卫队的歌。法院是阿布维尔的司法总管辖区的法院。阿布维尔的司法总管和图卢兹的行政长官相当。他们执法更加公正。两张拘票签发出来了。代塔龙德逃跑了，拉巴尔被逮住。人们把他移交司法机关。他否认经过桥上，但承认唱过歌。阿布维尔的司法总管辖区判他有罪；他上诉至巴黎的最高法院。他被带到巴黎，判决书被认为有效，得到确认。他们又给他戴上手铐，带他回阿布维尔。我说简单些。可怕的时刻到来了。他们开始让拉巴尔骑士回答常规和特殊的问题，要他招供同谋犯。同谋什么罪？同谋走过一座桥，唱过一首歌。他们严刑拷打时敲碎了他的一个膝盖,他的忏悔师听到骨头敲碎的声音晕了过去。第二天,1766年6月5日,他们把拉巴尔拉到阿布维尔的大广场上,广场上架起熊熊燃烧的火刑堆。他们向拉巴尔宣读判决书,接着砍断他的手腕,用铁钳拔掉他的舌头。最后,才大慈大悲,砍下他的脑袋,并把他扔到火堆里去。拉巴尔骑士便这样死了。他年仅19岁。(长时间地深为激动。)

于是,伏尔泰啊,你发出厌恶的呐喊,这将是你永恒的光荣!(爆发出掌声。)

于是,你开始和过去打一场可怕的官司,你为人类的诉讼案辩护,驳斥暴君和凶神,你胜诉了。伟大的人物,你要永远受到祝福!(新的掌声。)

各位先生,我刚才提到的可怕的事情,是在一个文雅的社会中发生的;生活很开心,很轻松,大家来来去去,既不看头上,也不看脚下,漠不关心化为无忧无虑,一些优雅的诗人,如圣奥莱尔①、布夫莱尔②、"可

---

① 圣奥莱尔(1643—1742)是十八世纪法国上流社会的诗人。
② 布夫莱尔(1738—1815),法国诗人,曾任塞内加尔总督。

爱的伯纳德"①，写写漂亮的诗句，宫廷里尽开游园会，凡尔赛灯火通明，巴黎愚昧无知；而就在同一时期，出于宗教的凶残，法官们对老人施以车轮刑致死，神父们因为年轻人唱一首歌把他的舌头拔掉。（非常激动。鼓掌。）

伏尔泰直面这种轻佻而又凄惨的社会，独自一人，眼前是各种力量的联合，宫廷、贵族、金融界。这支不自觉的力量，盲目的一大群人；这批可怕的法官对臣民威严有加，对主子百依百顺，盛气凌人，又奴颜婢膝，对着国王，跪在人民头上（喝彩！）；这批虚伪和狂热阴险地兼而有之的神职人员，伏尔泰，我再说一遍，独自一人对这个社会一切丑恶力量的大联合，对这个巨大、吓人的世界宣战，他接受战斗。他的武器是什么？这武器轻如和风，猛如雷电——一支笔。（鼓掌。）

他用这支武器战斗，他用这支武器战胜敌人。

各位先生，让我们记住这样的事情。

伏尔泰战胜了敌人，伏尔泰打了响当当的一仗，孤

---

① "可爱的伯纳德"，指皮埃尔-约瑟夫·伯纳德（1710—1775），法国诗人。

军奋战，这是伟大的战争。思想反对物质的战争，理智反对偏见的战争，正义反对非正义的战争，被压迫者反对压迫者的战争，仁慈的战争，温柔的战争。他的温情像妇女，他的愤怒像英雄。他是个伟大的人，是颗巨大的心。（喝彩。）

他战胜了古老的法典，古老的教条。他战胜了封建的老爷，中世纪式的法官，罗马天主教式的神父。他把贱民培养成有尊严的人。他教导人，安抚人，教化人。他为西尔旺①和蒙巴伊②斗争，如同他为卡拉斯和拉巴尔斗争；他接受了一切威胁，一切侮辱，一切迫害，污蔑，流亡。他不知疲倦，不可动摇。他以微笑战胜暴力，以嘲笑战胜专制，以讥讽战胜无误，以坚毅战胜顽固，以真理战胜愚昧。

我刚才用过两个字，微笑，我说一下。微笑，就是

---

① 1762年，皮埃尔·西尔旺和妻子在卡斯特尔被指控杀死自己的女儿，逃往瑞士，向伏尔泰寻求庇护。伏尔泰在瑞士边境菲尔内的家中予以收留。两人于1764年被缺席判处死刑，由于伏尔泰的努力，于1769年平反。
② 1770年，蒙巴伊夫妇因弑父罪被阿拉斯法院判刑。丈夫受车轮刑后被投入火中。妻子也应以火刑处死。伏尔泰呼吁重新审查，证明两人无辜。

伏尔泰。

各位先生，我们要这样说，因为，平静是这位哲学家伟大的一面，平衡在伏尔泰身上最终总会重新确立。不论他正义的愤怒多强烈，总会过去，恼羞成怒的伏尔泰总会让位于心平气和的伏尔泰。于是，从这深邃的目光里露出了微笑。

这微笑，是睿智。这微笑，我再说一下，就是伏尔泰。这微笑有时变成笑声，但是，其中蕴含哲理的忧伤。对于强者，他是嘲笑者；对于弱者，他是安抚者。他使压迫者不安，使被压迫者安心。以嘲笑对付权贵，以怜悯安抚百姓。啊！我们应为这微笑感动。这微笑里含有曙光的光华。它照亮真理、正义、仁慈和实用所包含的诚实；它把迷信的内部照得透亮；这样的丑恶看看是有好处的；它让丑恶显示出来。它有光，有催生的能力。新的社会，平等、让步的欲望和叫作宽容的博爱的开始，相互的善意，给人以相称的权利，承认理智是最高的准则，取消偏见和成见，心灵的安详，宽厚和宽恕的精神，和谐，和平，这些都是从这伟大的微笑中出来的。

那一天肯定快来了,大家会承认睿智就是仁慈,到那一天,当大赦颁布时,我肯定,伏尔泰在天上的星星里会微笑的。(三阵掌声。高呼:大赦万岁!)

各位先生,在相隔一千八百年出现的两个人类的仆人中间,有一种神秘的关系。

和假仁假义作斗争,揭露招摇撞骗,打倒暴政、篡权、偏见、谎言、迷信,铲除神庙,哪怕还要重建,就是说哪怕要以真庙替代假庙,攻击凶残的法官,攻击嗜血的神职人员,拿起鞭子,驱赶出卖神殿的人,要求恢复被剥夺者的遗产,保护弱者、穷人、受苦受难者,为被迫害者和被压迫者斗争。这是耶稣基督的战争,又是哪个人进行了这场战争?是伏尔泰。(喝彩声。)

福音事业的补充是哲学事业。宽厚的精神开始后,宽容的精神继续。让我们带着深深的敬意说:耶稣哭泣了,伏尔泰微笑了,当代文明的温和性是由这滴神性的眼泪和这个人性的微笑组成的。(经久不息的掌声。)

伏尔泰总是微笑吗?不。他经常感到气愤。我开头的讲话中你们已经知道了。

当然,先生们,分寸、保留、适度,这是理智的最高法则。我们可以说，稳重是哲学家的呼吸本身。智者的努力应该是把构成哲学的一切"差不多"浓缩成某种泰然的确信。但是，在某些时候，求真的激情愤然而起，暴跳如雷，如同廓清天地的飓风，这样的激情有权奋起。我强调，从来没有任何一个智者能动摇社会劳动的两大支点——正义和希望。人人都会尊敬法官，如果法官体现公正；人人都会崇拜神父，如果神父代表希望。但是，如果法官的名字叫酷刑，如果教会的名字叫宗教裁判所，那人类正面望着他们，会对法官说：我不要你的法规！而对神父说：我不要你的教条！我不要你地上的火刑架，我不要你天上的地狱！（十分激动！经久不息的掌声。）于是，盛怒的哲学家愤然而起，向司法部门揭露法官，向上帝揭露神父！（掌声越来越响。）

这就是伏尔泰的作为。他真伟大。

伏尔泰是怎样的一个人，我已经说了；他的世纪是一个什么样的世纪，我现在来说。

各位先生，伟人们很少是孤立的。大树挺立在一片森林之上，似乎显得更加高大，大树这才安居乐业。伏尔泰的周围有一片精神的森林，这片森林，便是18世纪。在这些才子里面，有一些高峰，孟德斯鸠、布封、博马舍，其中有两个人是伏尔泰之后的顶峰——卢梭和狄德罗。这些思想家教导人们学会思考；好好思考，才会好好行动，思想里的准确变成心中的公正。这些进步的工匠做出了有益的劳动。布封创立了博物学；博马舍在莫里哀之外，找到了未知的喜剧，几乎是社会的喜剧；孟德斯鸠对法律进行了如此深入的探索，成功地发掘出了权利。至于卢梭，至于狄德罗，这两个名字要单独念。狄德罗是广博好学的智者，又是渴望正义的温柔的心，他要以确定的概念作为真实思想的基础，创建了《百科全书》。卢梭给妇女帮了了不起的忙，他以乳母补充母亲，把摇篮边的这两位陛下并列一起；卢梭是雄辩和感人的作家，是深刻的滔滔不绝的沉思者，经常猜到并宣布政治的真理；他的理想和现实接壤；他是法国第一个自称公民的人，这是他的荣誉。卢梭的身上颤动着公民的感情；伏尔泰身上颤动着的是天下的感情。我们可以说，在这丰饶的18世纪，卢梭代表了人民；

伏尔泰更加宽广，代表了人①。这些强有力的作家已经谢世，但是，他们把灵魂留给了我们，就是大革命。（鼓掌。）

对，法国大革命是他们的灵魂。大革命是他们发散出来的闪闪发光的东西。大革命来自他们身上；我们可以处处在这美好的、受到祝福的灾难中找到他们，大革命结束了过去，开启了未来。在这片革命所特有的透明中，在通过原因可约略看到结果、通过前景约略看到后景的透明中，我们看到狄德罗之后有丹东，卢梭之后有罗伯斯庇尔，伏尔泰之后有米拉波。前面这些人造就后面这些人。

各位先生，借几个人的名字概括几个时代，点明一些世纪，几乎是变成点几个人名，这只能对三个国家的人民而言，希腊、意大利、法兰西。我们说伯里克利②的

---

① 1878年也是卢梭逝世一百周年。雨果因病未能出席并主持纪念卢梭的活动。他在给日内瓦纪念卢梭逝世一百周年委员会主席的信中，重提了这个提法："伏尔泰代表了人，卢梭代表了人民。"
② 伯里克利（约前495—前429）是古代雅典最伟大的政治家。

世纪，奥古斯都①的世纪，利奥十世②的世纪，路易十四的世纪，伏尔泰的世纪。这些提法包含巨大的意义。这样的特权，把一些人名赋予一些世纪，是希腊、意大利和法兰西所特有的现象，是文明最高的标志。在伏尔泰之前，这是一些国家领袖的名字；伏尔泰比国家领袖更重要，他是思想的领袖。到伏尔泰，一个新的周期开始了。我们感到，从今以后人类最高的统治权力将是思想。文明过去服从武力，文明以后服从理想。权杖和刀剑已告破裂，代之以光明；也就是说权威变成自由。再也没有别的最高权力，人民只有法律，个人只有良心。对于我们每个人来说，进步的两个方面很清楚地显示出来，这就是：实施自己的权力，即做一个人；完成自己的责任，也就是说，做一个公民。

伏尔泰的世纪，这就是这句话的意义所在；法国大革命，这就是这件庄严的事件的意义所在。十八世纪之前的两个世纪为它做了准备；拉伯雷在《巨人传》③里警

---

① 奥古斯都（前63—14）是古罗马帝国的第一代皇帝。
② 利奥十世（1475—1521）是罗马教皇，曾使罗马重新成为西方的文化中心。
③ 拉伯雷于1534年出版长篇小说《巨人传》。

告过王权,而莫里哀在《达尔杜弗》①里警告过教会。对武力的憎恨,对权利的尊敬,在这两位杰出人物的作品中是很明显的。今天,有谁说"武力胜于权利",便是中世纪的行为,他对人说话时落后了三百年。(反复鼓掌。)

各位先生,十九世纪颂扬十八世纪。十八世纪提出建议,十九世纪做出结论。而我的最后一句话,将平静地但又坚定地见证进步。

时代一个个到来。权利找到了自己的公式:人类的联盟。

今天,武力叫作暴力,并开始受到审判,战争被告上了法庭;文明接受人类的控告,对案件进行预审,为征服者和统帅们建立巨大的罪行案卷。(活跃。)历史这名证人已被传呼出庭。真实的面貌显现出来。作假的光辉在消散。在许多情况下,主角称得上是个凶手。(鼓掌。)各国人民终于懂得重罪的放大并不意味着罪行的缩小,懂得如果说杀人是罪行,杀很多人不可能是可减轻罪行的情节。(笑声和喝彩。)懂得如果说偷盗

---
① 莫里哀于1669年上演五幕诗体喜剧《达尔杜弗》。

是可耻的,那么侵略不可能是光荣的。(反复鼓掌。)懂得感恩赞美诗对光荣不起什么作用,懂得杀人就是杀人,懂得流血就是流血,懂得是叫恺撒还是叫拿破仑,都无补于事,懂得在永恒的上帝眼中,一个人因为不戴苦役犯的圆帽,被人套上一顶皇冠,也改变不了凶手的形象。(长时间欢呼。三阵掌声。)

啊!让我们宣布绝对的真理。让我们羞辱战争。不,血淋淋的光荣是不存在的。不,制造尸体,既不是好事,也没有用处。不,生命不能为死亡而劳动。不,我周围的母亲们啊,战争这个窃贼不能再继续偷窃你们的孩子。不,妇女在痛苦中分娩,男人出生,各国人民耕耘播种,农民给田野施肥,工人让城市丰饶,思想家在沉思,工业产生奇观,天才产生奇迹,面对星光灿烂的天空,人类巨大的活动不断努力,不断创造,这所有的一切不能为了去这个名字叫战场的恐怖的国际博览会!(十分激动。全体与会者起立,向演讲者欢呼。)

真正的战场,在这儿。这是人类劳动杰作的聚会,此刻正由巴黎向世界展示出来[①]。

---

① 1878年5月1日,巴黎的世界博览会开幕。

真正的胜利,这是巴黎的胜利。(鼓掌。)

哎!我们不能向自己隐瞒,目前的状况纵然值得钦佩和尊敬,仍然有它悲伤的方面;地平线上仍然有一团团黑雾;各国人民的悲剧并没有结束;战争,可恶的战争还在,它放肆地抬起头颅,望着这个和平的庄严盛会。两年来,君王们顽固地坚持致命的荒唐行为,他们的纷争阻碍了我们的和谐,他们强迫我们非要看到这样的反差,真没有意思。

这个反差可以让我们再谈谈伏尔泰。面对岌岌可危的事态发展,我们比以往任何时候更需要和平。让我们转身望着这个死者,这个活人,这个伟大的人物。让我们在令人肃然起敬的墓前鞠躬。让我们向这个人讨教,他有益于人类的生命在一百年前已经熄灭,但他的作品是不朽的。让我们向其他强有力的思想家讨教,向这个光荣的伏尔泰的助手们讨教,向让-雅克·卢梭、向狄德罗、向孟德斯鸠讨教。让这些伟大的声音发言。要制止人血再流。够了!够了!暴君们。啊!野蛮还在,好吧,让哲学抗议。刀剑猖狂,让文明愤然而起。让十八世纪来帮助十九世纪。我们的先驱哲学家们是真理的使徒,让我们乞求这些杰出的亡灵们,让他们面对梦想战争的君主王朝,宣布人有生命权,良心有自由权,理性的最高权威,劳动的神圣性,和平的仁慈性;既然黑夜出自王座,就让光明从坟墓里出来!(全体一致的经久不息的欢呼。从四面八方高呼:"维克多·雨果万岁!")

仰起头颅等待

致选民的信

（1848年3月20日①）

有几位选民给维克多·雨果先生写信，建议提名他为全国立宪会议的候选人。他的答复如下。

各位先生：

我属于我的国家，国家可以支配我。

我尊重选择的权利，可能有些过分，请同意我，甚至可以尊重到不推举我。

我写过三十二本书，我上演了八部剧；我在贵族院

---

① 通常认为写信日期是3月29日。此信的手稿被发现写在一封日期为3月29日的来信的背面，来信要求雨果当候选人。

做过六次发言，1846年四次，2月14日、3月20日、4月1日和7月5日；1847年一次，6月14日；1848年一次，1月3日。我的演讲稿登在《箴言报》上。

这一切都是正大光明的。这一切是向大家公开的。我没有任何话要删去，没有任何话要增加。

我不参加竞选。有什么用呢？任何人在一生中写过一页书，如果他的书中有他的良心、有他的心，这一页书自然就是对他的介绍。

也许，我的名字、我的成果，对我的同胞们来说并不是绝对不认识的。如果同胞们行使自己的自由和自主的权利，认为召唤我作为他们的代表，进入即将掌握法国和欧洲命运的大会是适宜的话，我将恭敬地接受这一庄严的委任。我将会以我身上的全部忠诚、全部无私、全部勇气，完成委托给我的任务。

如果同胞们不是指定我，那我如同那位斯巴达人，感谢老天，在我的祖国有九百位比我更能干的人。

我已经准备好，如果同胞们想到了我，把这个社会责任强加给我，我准备好回到政治生活中来；如果不是，我准备好回到文学生活中来。

这两种情况，不论结果如何，我将如同我二十五年来的作为，继续把我的心、我的思想、我的生命和我的灵魂献给国家。

各位先生，请接受我诚挚的兄弟情谊。

就英法联军远征中国致巴特勒上尉的信

先生,你征求我对远征中国的意见。你认为这次远征是体面的、出色的,多谢你对我的想法予以重视;在你看来,打着维多利亚女王和拿破仑皇帝双重旗号对中国的远征,是一次由法国和英国分享的光荣,而你很想知道,我对这次英法的胜利又想给予多少赞赏。

既然你想了解我的意见,以下就是我的意见。

在世界的某个角落,有一个世界奇迹,这个奇迹叫圆明园。艺术有两种起源,一是理想,理想产生欧洲艺术;二是幻想,幻想产生东方艺术。圆明园在幻想艺术中的地位,和帕台农神庙①在理想艺术中的地位相同。

---
① 帕台农神庙是希腊最负盛名的古建筑,位于雅典的卫城之上,公元前447—公元前432年建成,原为供奉雅典娜女神的神庙。

一个几乎是超人民族的想象力所能产生的成就尽在于此。这不是一件如同帕台农神庙一样稀有的、独一无二的作品；如果幻想能有典范的话，这是幻想的某种规模巨大的典范。请想象一下，有言语无法形容的建筑物，有某种月宫般的建筑物，这就是圆明园。请建造一个梦境，材料用大理石，用美玉，用青铜，用瓷器，用雪松做这个梦境的房梁，上上下下铺满宝石，披上绫罗绸缎，这儿建庙宇，那儿造后宫，盖城楼，里面放上神像，放上异兽，饰以琉璃，饰以珐琅，饰以黄金，施以脂粉，请也是诗人的建筑师建造《一千零一夜》的一千零一个梦，再添上一座座花园，一片片水池，一眼眼喷泉，加上成群的天鹅、朱鹭和孔雀，总而言之，请假设有某种人类异想天开产生的令人眼花缭乱的洞府，而其外观是神庙，是宫殿，这就是这座园林。为了创建圆明园，曾经耗费了两代人的长期劳动。这座大得犹如城市的建筑物，是由世世代代的人建造而成的，为谁建造的？为各国人民。因为，岁月完成的事物是属于人类的。艺术家、诗人、哲学家，过去都知道圆明园；伏尔泰谈到过圆明园。我们常说：希腊有帕台农神庙，埃及有金字塔，罗马有斗兽场，巴黎有圣母院，东方有圆明园。如果说，大家没有看见过它，大家也梦见过它。这曾是某种令人惊骇的不知名的杰作，在不可名状的晨曦中依稀可见，如同在欧洲文明的地平线上显出亚洲文明的剪影。

这个奇迹已经消失了。

有一天，两个强盗进入了圆明园。一个强盗洗劫，另一个强盗放火。看来，胜利女神可能是个窃贼。对圆明园进行的大规模的破坏，由两个战胜者分担。我们看到，这整个事件还与额尔金①的名字有关，这注定又会使人想起帕台农神庙。从前对帕台农神庙怎么干，现在对圆明园也怎么干，干得更彻底、更漂亮，以致荡然无存。如果把我们所有大教堂的所有财宝加在一起，也抵不上东方这座了不起的富丽堂皇的博物馆。园中不仅有艺术珍品，还有成堆的金银制品。丰功伟绩，收获巨大。两个胜利者，一个塞满了口袋，这是看得见的，另

---

① 托马斯·额尔金是英国外交官，他在1799—1802年任土耳其大使时，参与毁坏帕台农神庙，并私自盗走神庙大批精美的大理石石雕。其子詹姆斯·额尔金是英法联军焚毁圆明园时的英国全权代表，是焚烧圆明园的罪魁祸首之一。

一个装满了箱箧；他们手挽手，笑嘻嘻地回到了欧洲。这就是两个强盗的故事。

我们欧洲人，我们是文明人，中国人对我们而言是野蛮人。这就是文明对野蛮所干的事情。

在历史面前，这两个强盗，一个将会叫法国，另一个将会叫英国。我先要提出抗议，感谢你给了我抗议的机会：治人者的罪行不是治于人者的过错；政府有时会是强盗，而人民永远不会。

法兰西帝国吞下了一半的胜利果实，今天，帝国竟然带着某种物主的天真，把圆明园富丽堂皇的破烂陈列出来。①我希望有朝一日，解放了的干干净净的法兰西会把这份赃物归还给被掠夺的中国。

现在，我证实，发生了一次偷窃行为，有两名窃贼。

先生，以上就是我对远征中国给予的全部赞赏。

维克多·雨果

1861年11月25日于高城居

---

① 从1861年2月23日至4月10日，拿破仑三世公然将抢来的圆明园文物在当时的王宫杜伊勒里宫展出。

在洛桑和平代表大会上的讲话

欧罗巴合众国的同胞们：

请允许我对你们用这个名称，因为欧洲联邦共和国在权利上的建立，还有待于事实上的建立。有你们存在，所以欧洲联邦共和国也存在。你们通过开始统一的联合，见证了这个事实。你们是伟大未来的开始。

你们把你们代表大会荣誉主席的称号授予我。我对此深为感动。

你们的代表大会不止是一次智慧的大会，这是某种未来法规的起草委员会。精英只有在代表群众的条件下存在，你们是这样的精英。从今以后，你们对有关的人表示战争是坏事，即使是光荣的、自吹自擂的、堂而皇之的谋杀也是卑鄙的,人的血是珍贵的,生命是神圣的。多么庄严的催告。要说最后一次战争是必需的,唉!我当然不属于否认的人。这会是一次怎么样的战争?一次征服的战争。征服什么的战争?自由。

人的第一需要,人的第一权利,人的第一责任,是自由。

文明不可克服地通向语言的统一,度量衡的统一,货币的统一,通向人类各国的融合,这是最高的统一。协调一致有个同义词:简化;同样,财富和生活也有个同义词:流通。第一个束缚,是国界。

谁说国界,就是说捆绑。解除捆绑,取消国界,撤走海关,撤走士兵,换句话说,自由了,和平随之而来。

从此以后,长久的和平,一劳永逸的和平,不可侵犯的和平。对于劳动,交换,供和求,生产和消费,大规模的集体努力,工业的吸引力,思想的交往,人类的消长,和平是正常状态。

谁对国界有兴趣?国王们。分而治之。一条国界就是一座哨所,一座哨所就是一个士兵。一切特权说的话，一切禁令说的话，一切审查说的话，一切专政说的话："过不去。"人类的一切灾难来自这条国界，这座哨所，这个士兵。

国王既然是特殊的，为了保护自己，需要士兵，士兵则需要杀人才能活下去。国王需要军队，军队需要战争。否则的话，他们存在的理由便消失了。真是怪事，人同意杀人，并不知道为什么。暴君的艺术，是把人民拆分成军队。一半人压迫另一半人。

战争有种种借口，但只有一个原因，军队。你搬走军队，便是搬走战争。但是如何取消军队？通过取消专制制度。

一切事物都是相关联的！废除种种形式的寄生现象，国家元首的俸禄，无所事事而拿钱，神职人员领工资，供养的高官，贵族的闲差，公共建筑物的无偿让与，常规军；这么扛一下，你们就给了欧洲每年一百个亿。大笔一挥，贫困的问题就简单了。

要让问题变得如此简单，各国的王座不接受。由此产生了刀枪如林。

国王们彼此商量好一点：让战争不朽。有人以为国王之间争论不休；根本不是，他们相互帮助。我再说一遍，士兵要有存在的理由。让军队不朽，便是让专制制度不朽；美妙的逻辑，好吧，也是残暴的逻辑。国王们给人民放血，使他们的病人精疲力竭。刀剑之间有某种野蛮的团结友爱精神，由此产生对人的奴役。

所以，朝着目标走，我曾一度把这个目标称作"把士兵吸收为公民"。等这样恢复身份的一天已经来临，等人民的身外不再有军人这位冤家弟兄，人民便会统一，完整，爱人，文明便会叫作大同，人民从事创造，身上的一边有财富，另一边有光明，一边有劳动这股力量，另一边有和平这颗灵魂。

维克多·雨果

1869年9月4日于布鲁塞尔

雨果因家中有事，留在布鲁塞尔。这期间，由于代表大会一再坚持，雨果决定亲自来洛桑。

9月14日，他主持大会开幕。以下是他的发言。

我说不出话来，可以表达对你们给我的欢迎有多么感动。我把我深刻的激动心情献给代表大会，献给你们高贵的友好的听众。公民们，你们选择了这个阿尔卑斯山高贵的山国，作为会议讨论的地点，选得很对。首先，这个国家是自由的；其次，这个国家是崇高的。对，是这儿，对，面对这片壮美的大自然，可以发布人类伟大的声明，其中包括：再没有战争！

这次代表大会上，有个压倒一切的问题。

请允许我，既然你们给我非凡的荣誉，选我当主席，请允许我指出这一点。我这个主席讲几句话。我们出席此地会议的每一个人，我们要的是什么？和平。我们要和平，我们热切地要和平。我们绝对地要和平。我们要人和人之间的和平，人民和人民之间的和平，种族和种族之间的和平，兄弟和兄弟之间的和平，亚伯和该隐之间的和平。我们要仇恨之间巨大的和解。

但是，这个和平，我们如何争取？我们要不惜一切代价地争取吗？我们要无条件地争取吗？不！我们不会卑躬屈膝地要和平；我们不会在专制制度下要和平；我们不会在鞭子下要和平；我们不会在君王的权杖下要和平!

和平的第一个条件,是解放。为了取得这样的解放,当然需要有一次革命,这将是最高的革命,也许,唉!将是一次战争,这将是最后的战争。这样,一切都将完成。和平,既然是不可侵犯的,将是永恒的。于是,再没有军队,再没有国王。过去消亡。这就是我们所要的东西。

我们要让人民自由地生活,耕耘,买进,卖出,劳动,讲话,相爱,思索,要有学校造就公民,不要再有君王制造枪炮。我们要伟大的大陆共和国,我们要欧罗巴合众国,最后,我以一句话结束:自由,这是目标;和平,这是结果。

大会进行了四天的讨论。维克多·雨果所作的闭幕词如下。

公民们:

我的责任是最后发言,结束这次代表大会。我要说真心话。帮帮我吧。

你们是和平代表大会，就是说是和解的代表大会。关于这个题目，请允许我想起一件事。

二十年前，1849年，在巴黎召开过今天在洛桑召开的和平代表大会。那天是8月24日，一个血淋淋的日子，圣巴托罗缪惨案的周年纪念日。两位神父，代表两种基督教，都在会上：科克雷尔牧师和德盖利神父。那次大会的主席，就是有幸此刻对你们讲话的主席，提起1572年凄惨的回忆，对两位神父说："你们拥抱吧！"想起这个凶残的日期，面对大会的欢呼声，天主教和新教拥抱了。（鼓掌。）

今天，我们差几天是另外一个日子，那个日子是凶日，另一个日子是吉日：我们接近9月21日。法兰西共和国在那一天成立，1572年8月24日，专制制度和宗教狂热喊出了最后一句话："赶尽杀绝！"——1792年9月21日，民主制度发出第一声呼喊："自由，平等，博爱！"（好哇！好哇！）

好吧！面对这个崇高的日子，我回想起这两种宗教由两位神父代表而拥抱，我现在要求另一种拥抱。这个拥抱很容易，也很容易记住。我要求共和国和社会主义拥抱。（长时间的掌声。）

我们的敌人说：社会主义在必要时会接受帝国的。不是的。我们的敌人说：共和国不认识社会主义。不是的。

我刚才让大家回想起的崇高的最终形式，既反映了共和国的一切，也反映了社会主义的一切。

有了自由，自由包含产权，还有平等，平等包含劳动的权利，这是1848年崇高的口号！（鼓掌）还有博爱，博爱包含团结。

所以，共和国和社会主义，是一个事物。（反复叫好。）

公民们，我对你们说话，我不是过去所说的"前一天的共和主义者"，而是"大前天的社会主义者"。我的社会主义从1828年开始。我有权可以这么说。

社会主义是宽阔的，不是狭隘的。它关注人类的一切问题。它关心社会的所有观念。它既要提出劳动和工资的重要问题，又要宣布人的生命的不可侵犯性，废除一切形式的谋杀，把刑罚改成教育，是问题美好的解决方法。（太好了！）它宣布免费的义务教育。它宣布妇女权,妇女和男人平等。(好哇。)它宣布儿童权,这是大人的责任。(太好了!——鼓掌。)它最后宣布个人的主权,这和自由是相同的。

这些是什么?这是社会主义。对。这也是共和国!(长时间鼓掌。)

公民们,社会主义肯定生活,共和国肯定权利。一个把个人提高到人的尊严上去,另一个把人提高到公民的尊严上去。有没有更深刻的协调一致的关系?

有,我们人人都同意,我们不要专制君王,我要为受到诬蔑的社会主义辩护!要是有一天提出这样的问题,一边是奴隶制度有福利,另一边是自由而贫穷——没有一个人,不论在共和主义者中间,还是在社会主义者中间,没有一个人会犹豫,每个人,我宣布,我肯定,我担保,每个人宁可要自由的黑面包,也不要奴隶的白面包。(长时间地叫好。)

所以,我们不要让对立萌芽和产生。所以,我们要抱紧,我的社会主义兄弟们,我的共和主义兄弟们,我们要围绕着正义和真理紧紧地抱在一起,迎头抗击敌人。(对!对!好哇!)

敌人是干什么的？

敌人，也许是人，也许不是人。（活跃。）敌人是丑恶现象的总体，压在世界头上，折磨我们的世界。这是头怪物，虽然只有一个脑袋，却有千百只利爪。敌人，这是古老的战争和专制制度罪行的丑恶体现，钳制我们的言论，榨取我们的血汗，剥夺我们的口粮，掏空我们的钱包，腰缠万贯，掌握预算、法官、神父、仆人、宫殿、元首、俸禄、所有的军队——而不掌握一点点人民。敌人，是坐在台上的，是掌握权力的，是此刻奄奄一息的。（长久的激动。）

公民们，我们要做敌人的敌人，我们要做朋友！要做同一颗灵魂，打败敌人，做同一颗心，彼此相爱。啊！公民们，相亲相爱！（欢呼。）

最后一句话，我就结束了。

我们要转身望着未来。要想着那肯定会来的一天，那不可避免的一天，也许是即将到来的一天，整个欧洲组织起来，像此刻接待我们的高贵的瑞士人民。这个小国的人民，有他们的伟大之处；他们有一个祖国，叫共和国，他们有一座高山，叫"圣母峰"①。

我们要像瑞士人民那样，以共和国作为堡垒，但愿我们的自由，像少女峰那样，洁白无瑕，不受玷污，是灿烂的阳光下纯洁的高峰。（经久不息的欢呼。）

我向未来的革命致敬。

---

① 雨果说的"圣母峰"，确切地说应该是"少女峰"。

致古巴妇女的信

1870年年初,古巴爆发起义,遭到西班牙统治者的野蛮镇压。许多古巴妇女逃往纽约。

古巴妇女一份有三百多人签名的求援信,从纽约寄给雨果,请雨果出面干预。雨果复信如下。

古巴妇女们:

我听到了你们的控诉。绝望的妇女们啊,你们给我写信。你们是难民、烈士、寡妇、孤女,你们向一个被打败的人求援。流亡者们,你们回头看一个流亡者;失去家园的妇女求一个失去祖国的人帮助她们。当然,我们都有苦难:你们只剩下你们的声音,我也只剩下我的声音；你们的声音在呻吟，我的声音在警告。这两股声息，你们的是呜咽，我的是建议，这是我们唯一剩下的东西。我们是什么？是软弱。不，我们是力量。因为，你们是权利，而我是良心。

良心是灵魂的脊梁骨，只要良心是正直的，灵魂就站得住。我身上只有这一股力量，有这股力量够了。你们给我写信，写得对。

我会为古巴说话，如同我曾为克里特岛说话。

没有一个国家有权把爪子伸向另一个国家，西班牙无权控制古巴，英国无权控制直布罗陀。一个人不应占有另一个人，一群人民也不应占有另一群人民。这罪行犯在一个国家身上，比犯在个人身上更加可恨，就是这样。扩大奴隶制度的范围，就是增加丑行的可耻。一群人民是另一群人民的暴君，一个种族骗取另一个种族的生命，这是巨大的章鱼在吸吮，而这么骇人听闻地趴在别人身上，是十九世纪可怕的事实之一。此时此刻，我们看到俄国在波兰身上，英国在爱尔兰身上，奥地利在匈牙利身上，土耳其在黑塞哥维那和克里特岛身上，西班牙在古巴身上。处处是咬开的血管，有吸血的蝙蝠趴在尸体上。

是尸体，不是。我涂掉这个词。我已经说过，有国家在流血，但没有死。古巴恢复了自己的生命，波兰完全恢复了自己的灵魂。

西班牙是个高贵的、令人钦佩的国家，我爱西班牙；但我不能爱西班牙胜于爱法兰西。好啊，如果法国仍然占有海地，那我对西班牙说："把古巴还给人家！"我也会对法国说："把海地还给人家！"

对法国这样说话，表明了我对祖国的尊敬。尊重包括了正确的劝告。说真话，就是爱。

古巴妇女们，你们如此令人信服地告诉我这么多的不安和痛苦，我跪在你们面前，我吻你们痛苦的脚。请不必怀疑，你们不屈不挠的祖国将会得到你们苦难的回报，这么多的鲜血是不会白流的，有朝一日，美好的古巴将会在她庄重的众姐妹、各个美洲共和国中间，自由地、自主地站立起来。至于我，既然你们问起我的想法，我把我的信念寄给你们。此时的欧洲遍地是罪行，眼前的漫漫长夜中，一些山头上依稀看见有犯下滔天大罪的模糊鬼魂，头上戴着王冠，眼望一大堆令人泄气的可怕事件,我仰起头颅,我等待。静观希望,是我历来的宗教。凭直觉拥有未来,这对失败的人而言足够了。今天望着世界明天才会看到的东西,这是开心的事情。不论此刻是否一片漆黑,到一定时间,正义、真理和自由一定会出现,一定会出现在灿烂的地平线上。我感谢上帝从今后给我这样的确信;身处黑夜中的流亡者仅有的幸福,是看到曙光从自己的心中升起。

维克多·雨果于高城居

对巴黎群众的讲话

1870年9月4日,普鲁士军队向巴黎挺进,法兰西共和国宣告成立。9月5日,维克多·雨果返回阔别十九年的巴黎。雨果希望静悄悄地回来,有意选择布鲁塞尔的夜车,晚上10点钟到站。但是,巴黎的北站已有大批群众等候。雨果向欢迎他的人群作了如下讲话。

公民们:

巴黎高尚的人民给我言语无法形容的欢迎,使我激动得说不出话来。

公民们,我曾经说过:共和国回来的日子,也是我回来的日子。我回来了。

两件大事召唤我回来。第一，是共和国。第二，是危险。

我来这儿尽我的责任。

我的责任是什么？

就是你们的责任，就是每个人的责任。

保卫巴黎，捍卫巴黎。

救巴黎，更甚于救法国，这是救世界。

巴黎是人类的中心。巴黎是神圣的城市。

谁攻打巴黎，就是大规模攻打整个人类。

巴黎是文明的首都所在，不是一个王国，也不是一个帝国，而是过去和未来的整个人类。你们可知道为什么巴黎是文明之城？因为巴黎是革命之城。

这样一座城市，这样一座首府，这样一个光源，这样一个精神和心灵的中心，这样一个世界思想的头脑，会被奸污，被摧毁，被攻击，被谁野蛮地入侵？这是不可能的。这是做不到的。不可能，不可能，不可能！

公民们，巴黎会取胜的，因为她代表人类的理想，因为她代表人民的本性。

人民的本性是永远和文明的理想一致的。

巴黎会取胜的，但是有一个条件：这就是你们、我、我们在场的每个人，我们将是同一颗灵魂；我们将是同一个士兵，同一个公民，同一个热爱巴黎的公民，同一个保卫巴黎的士兵。有这个条件，一方面共和国统一，另一方面人民一致，巴黎会取胜的。

至于我，我感谢你们的热烈欢迎，但我要把所有的热烈欢迎带给这个令我们心碎的焦虑不安的巨人，祖国在危险中。

我只要求你们一件事：团结！

你们团结了，才能胜利。放下一切仇恨，撇开一切怨恨，团结一致，你们将是不可战胜的。

面对入侵，让我们每个人紧紧围绕在共和国的周围，人人都是兄弟。我们会胜利的。

只有靠兄弟友爱的精神，才能拯救自由。

雨果由人民一路护送至接待他的友人保尔·默里斯在弗洛肖大街的家中。行至半路，他又一次感谢巴黎人民："你们用一个小时补偿了我十九年的流亡。"

就《惩罚集》致《世纪报》社长的信

巴黎版的《惩罚集》于1870年10月20日问世。巴黎被围已经一个多月。诗集和巴黎人民同时被困在城内。

《世纪报》社长先生：

《惩罚集》从未给作者带来一分钱，他对此毫无怨言。今天，巴黎版第一批5000册[①]的出售却有五百法郎的赢利。我请求将此五百法郎捐出来购买大炮。

此致兄弟般的敬礼。

维克多·雨果

1870年10月22日于巴黎

---

① 巴黎版的《惩罚集》两天内售出5000册，头两个月共售出22000册。

文学家协会致维克多·雨果的信
1870年10月29日于巴黎

亲爱、尊敬的主席：

文学家协会想给国家抗战捐献一门大炮。

协会想到由巴黎第一流的艺术家朗诵《惩罚集》中的某些诗篇，这本书和共和国一起流亡后返回法国。

协会为给共和国增光的你感到骄傲，十分感谢你给予同行间的照顾，把整个上午的收入献给祖国，协会请求你让我们把这门炮命名为"维克多·雨果号"。

雨果的回信

尊敬、亲爱的同事们：

我祝贺你们爱国主义的倡议。你们肯利用我。我感谢你们。

请用《惩罚集》好了，为了保卫巴黎，你们，以及这些艺术家和助手们，请放心使用《惩罚集》。

如有可能，请为保卫这座庄严的不可侵犯的城市增加一门炮，她仿佛是祖国里的一个祖国。

亲爱的同事们，请听我的一个请求。不要拿我的名字给这门炮命名。以那座大无畏的小城市的名字给炮命名，此时此刻，小城和斯特拉斯堡共同分享欧洲的钦佩心情，小城被打败，但巴黎会打赢。

但愿这门炮耸立在我们的城墙上。这座不设防的城市被谋杀了；一座没有武装的城市遭到一支在十九世纪盛世变成一帮土匪的军队的洗劫；一片和平的民居变成了一堆废墟。一户户人家在自己家里被屠杀。野蛮的杀戮不分男女，不分老少。手无寸铁的居民们唯一的依靠，只有绝望后大无畏的英雄气概，他们受到炮轰、扫射、抢掠、放火：但愿这门炮为他们报仇！但愿这门炮为做母亲的、为孤儿、为寡妇报仇；但愿这门炮为失去父亲的儿子、为失去儿子的父亲报仇；但愿这门炮为文明报仇，为天下的荣誉报仇，为被这场万恶的胡乱诡辩的战争羞辱的人类良心报仇！但愿这门炮手下无情，迅若雷电，面目狰狞。一旦普鲁士人听到这门炮轰响，如果问大炮："你是谁？"但愿大炮回答："我是闪电！

我的名字叫'沙托丹[①]号'。"

维克多·雨果

1870年10月30日于巴黎

[①] 沙托丹是法国城市,1870年10月,法军与普鲁士军队在此展开激烈的战斗,市区建筑几乎全部被毁。

菲安登

维克多·雨果从比利时被逐后,来到卢森堡的边境小城菲安登。当地有一个叫"工人之琴"的劳动者合唱团组织,于1871年7月20日又一次为雨果举行演唱会。雨果致辞答谢。

菲安登的朋友们:

你们稍微打乱了我自己的一个想法。我们今年这一年,对我来说,以一声喝彩开始,刚刚却以相反的结果结束。我对此并没有不乐意,被嘘的声音矫正鼓掌的声音,比利时给我帮了这个小小的忙。从任何我这把年纪的人应有的哲学立场看,我觉得巴黎的欢呼因布鲁塞尔的石头而取得平衡是好事。你们打乱了这个平衡,你们在我身边重现的不是布鲁塞尔的作为,而是巴黎出现的情景;这一点也不像嘘叫声。所以,今年的结束对我而言会和开始一样,是人民欢迎的真情流露。

好哇,我肯定不会埋怨。

我看到你们的领队是一位非常高贵的人士,保利·施特拉塞尔先生,你们的市长。他是艺术家,又是政治家。菲安登活在他的身上;他是议员,是市长,是菲安登的体现。他在这座城市里,不仅是官员,更是灵魂。

我向他祝贺你们,我向你们祝贺他。

对,你们由衷的欢迎使我感到温暖。

你们是田间地头的人们,你们中间又有学习的人士,因为我看到好几个教师。这是美好的混合。这样的组合是真正的人群的样本,由体力劳动者和脑力劳动者组成,在劳动和思想的拥抱中概括了一切文明。

我喜欢这个地方,我是第五次来了。在其他年头,吸引我来的是我自己的沉思,是我自己身上的倾向,喜欢美丽荒野的地方。今天,我被一阵风吹到这儿来,我感谢这阵风。

这阵风又把我吹到你们中间。农民们,工人们,我和你们相像。你们的团体叫"工人之琴",多么动人又动心的名字!其实,你们和我,我们做的是同样的事情。我也在挖掘一条田沟,你们也在咏唱一首颂歌。你们和我一样歌唱,我和你们一样耕耘。我的田沟,是坚硬的人的耕地;我用的犁铧,是我的精神。

你们刚才唱了几首美丽的歌曲。到场的有高贵和迷人的女性,我看到她们眼中有眼泪。如果我感谢你们时声音有些颤抖,你们不必惊讶。有一个时期以来,我更习惯于愤怒的喊叫,而不是心中的歌声,愤怒做不到的事情,同情可以做到。同情使我激动。

对,我喜欢菲安登这个地方。这座小城真是个进步的形象;这是一切历史的缩影。大自然开始先给小城厚爱:给新生的茅屋以一种有益健康的气候,一条充满活力的小河,一片肥沃的土地,有山坡种植葡萄,有大山生长森林。接着,大自然的赐予被封建制度夺走。封建制度占有大山,在山上建筑城堡主塔;占有森林,在林中放置强盗;占有河流,用铁链围住;占有土地,吞食收获;占有葡萄,喝掉美酒。于是,法国的大革命来了；因为，你们知道，光明是从法国来的，解放是从法国来的。（对！对！）法国大革命解放了菲安登。怎么解放？铲除城堡主塔。只要城堡活着，城市就是死城。城堡主塔死亡的日子，人民诞生了。全欧洲有朝一日会来参观的菲安登壮丽的景色，是由两个同样令人宽慰的美好事物组成的，一个凶恶，是废墟；一个喜悦，是人民。

朋友们，刚才你们在我身边歌唱时，我在倾听。有一首歌深深感动了我。这首歌尤其触动我，我好像还听到它在唱。让我说给你们听。

乐队静了下来。乐器就没有了。只有人在唱。

你们中间有个人，我看得见，我和他招手，当时站在一边，仿佛在集体外边。但是，在黑夜里，在树林下，几乎看不清他。我们听得到他的声音。

我们听到谁在唱？不知道。这声音庄严、高亢。黑暗中一个庄重的声音在说话，接着停下来，别人的声音应和着。所有一起唱的声音都很低沉，那个独唱的声音很响亮。没有比这更悲壮的声音了。真好像是有神灵在教导群众。

单调的歌声很庄严。歌词是德语；我听不懂歌词，但我听得懂歌声。我仿佛心中有译文。我倾听着大天使和广大群众的对话，各国人民恭恭敬敬的低声细语在和一位天才神圣的解释应答。那个孤独的歌声在庄严地颤抖，其中似乎有翅膀的轻微抖动声。这超出了人类的语言。这仿佛是森林的歌声，是大自然的歌声，是黑夜的歌声，在给人，给所有人，唉！给筋疲力尽的人，给满腹怨恨、一心复仇的人，给疲于战争、醉心复仇的人，给他们要永远从容安详的伟大建议。

在一个个低下的脑袋上，在我们一场场的悲哀中间，在我们一个个的伤口中间，在我们一次次的敌意中间，这一切来自天上，这是爱心巨大的责备。

朋友们，音乐是某种梦。音乐给思想建议说不清的神秘问题。你们来听我歌唱；你们唱的歌，我说了出来。你们给我带来了这个谜：和声协调。而我给了你们谜底：兄弟友爱。

朋友们，让我们斟满酒杯。在各国皇帝或各国国王的头上，我提出，为各国人民的和声协调干杯，为人人的兄弟友爱干杯。

这就是流亡

流亡之一

权利得到体现，就是公民；权利头戴冠冕，就是立法者。古代的共和国认为自己代表权利，坐在象牙椅里，手握法律这把权杖，身穿权威这件紫袍。这个形象是真实的，今天，理想并无不同。任何正常的社会应该在社会的顶端，有神圣和武装的权利，因为公正而神圣，以自由武装自己。

以上这一段话里，没有说到武力这个词。不过，武力是存在的，但武力不存在于权利之外；武力存在于权利之内。

说权利，就是说武力。

那么权利之外有什么？

有暴力。

只有一种必要性，就是真理，因此说只有这一种武力：权利。真理和权利以外的成功是个表象。暴君之短视就短在此地：他们以为埋伏成功就是取得胜利，但这样的胜利充满了火灰。罪犯以为他的罪行是他的同伙，错了，他的罪行是他的惩治者。杀人犯永远在自己的刀下割下自己的脑袋，叛逆永远背叛叛逆者。违法者自己没有想到，作案时被抓个现行，作恶是看不见的幽灵。恶行永远不会放过你，注定会以绝无例外的方式，让荣耀堕入血的深渊，让羞辱没入污泥浊水，对罪人绝不宽恕，"雾月十八日"[①]把伟人带到滑铁卢，"十二月二日"[②]把小人拖到了色当[③]。

---

① 1799年11月9日，拿破仑发动政变，推翻"督政府"，任"第一执政"，1802年任"终身执政"，1804年称帝。政变是日，为共和历的"雾月十八日"。
② 1851年12月2日，路易-拿破仑·波拿巴总统发动流血政变，1852年称帝，号称"拿破仑三世"。
③ 1870年9月2日，拿破仑三世皇帝在小城色当被普鲁士军队俘虏。9月4日，法国宣布成立第三共和国。

施暴的人和叛国的人，在他们剥夺权利和推翻权利的时候，不知道自己在犯罪。

流亡之二

流亡，这是权利赤身裸体了。没有比这更可怕的事情了。对谁而言？对承受流亡的人吗？不是。是对强加流亡的人。酷刑转过身来，咬住了刽子手。

一个沉思者独自在沙滩上漫步，一个默想者四周是一片沙漠，一颗老去的安详的脑袋，周围有因为风暴受惊的小鸟在飞舞，晨光熹微，心头平和。一个孜孜不倦于思索的哲人，眼前是岩石和树木，不时请上帝见证，一茎芦苇不仅思考，而且在沉思，孤独中头发由黑转灰，由灰转白，一个人感到自己越来越像个影子，悠悠岁月之下，是个缺席的人，可他并没有死去。这个被剥夺精光的人庄严的神态，这个无辜者的思乡心切，对头戴皇冠的坏蛋来说，没有比这更可怕的事情了。

不论权倾天下者做什么，奈何不了永恒的大局。他们只有稳操胜券的表面，底盘属于沉思者。永不熄灭的希望由此而来。你流放一个人。好吧。以后呢？你可以把大树连根拔起，你拔不走天上的日光。明天，曙光照耀。

不过，给放逐人的人说句公道话：他们绝不手软，他们无所不用其极，要彻底消灭这个被放逐者。

他们能达到目的吗？他们会成功吗？会吧。

一个完全破产、只剩荣誉的人，一个被剥夺干净、只剩良心的人，一个被彻底孤立、身边只有公道的人，一个人人看了摇头、只与真理为伍的人，一个被投入黑夜、只剩太阳的人，这就是被流放者。

流亡之三

流亡不是物质性的东西，这是精神性的事物。世界上的每个角落各有其优点。Angulus ridet（拉丁文，"我喜欢这地方"）。每个沉思的地方都是好地方，这一角地方即使没有光线，也要地平线宽阔。

英吉利海峡群岛尤其是迷人的地方；群岛就是法国，毫无困难地和祖国相似。泽西岛和根西岛是高卢在八世纪时被大海敲下的碎块。泽西岛比根西岛更会卖弄风情，漂亮多一点，美丽少一点，风情万种。泽西岛上的森林变成了花园，根西岛的岩石仍然是庞然大物。此地更优美，彼处更雄伟。到泽西岛，我们是在诺曼底；到根西岛，我们是在布列塔尼。像伦敦城一般大小的一束花，便是泽西岛。岛上处处是芳香，是阳光，是微笑，这并不影响会有暴风雨来访。本文作者曾经把泽西岛比成"大海上的一曲牧歌"。到了异教时代，泽西岛更加罗马化，而根西岛更凯尔特化；泽西岛的人有朱庇特①的意思，根西岛的人有图塔蒂斯②的意思。在根西岛，当然，残暴已经消失，但野蛮留存了下来。在根西岛，从前的德鲁伊教③现在是新教；现在不是摩洛克④而是加尔文⑤；教堂冷冷冰冰的，景观装装样子，宗教有点儿情绪。总而言之，两座岛都很可爱，一座岛亲切，另一座岛不易亲近。

---

① 朱庇特是罗马神话中的天神。
② 图塔蒂斯是古代高卢人的保护神。
③ 德鲁伊教是古代高卢人和凯尔特人的原始宗教。
④ 摩洛克是《圣经》里提及的异教神。
⑤ 加尔文是天主教改革的新教领袖。

有一天，英国女王，不仅是英国女王，还是七天之内有六天可敬和神圣的诺曼底公爵夫人，来根西岛访问，礼炮、烟幕、喧闹和仪式。这是个礼拜天，是一星期内唯一不属于她的一天。女王突然成了"那个女人"，打扰了主的休息。她在一声不吭的人群中间走下码头。没有一个脑袋摘下帽子。仅有一个男人向她致意，便是在下这个被流放犯。

他不是向女王致意，而是向女人致意。

这个虔诚的小岛生性粗鄙。清教徒的这种习俗有其伟大之处。根西岛真是给被流放者留下了美好的回忆；流亡只在流亡地之外。从国内看，可以说：没有美好的流亡。

流亡是严酷的乡土：此地一切都已反了，无法居住，破破烂烂，遍地狼藉，只有责任站立着，仿佛坍塌的城里有教堂的钟楼，显得高高矗立于四周遍地的鸡毛之上。

流亡是惩罚的地方。

惩罚谁？

惩罚暴君。

可暴君在顽抗。

流亡之四

你是被流放者,你对什么事都得有准备。把你扔得远远的,可人家没有放掉你。放逐者很好奇,他的视线在你身上转来转去。他一再查访你,挖空心思,花样翻新。一位可敬的新教牧师坐在你家门口,这一支新教是在特隆鑫-杜梅森公司(Tronsin-Dumersan)领取补贴的。一个外国王子咿咿呀呀地见你,这可是维多克①来看你。真是王子吗?是的。他是有王族血统,也是警察部门的人。一个庄重而摇头晃脑的教授登门拜访你,你会冷眼看到他在看你的证件。要搞你,什么事都做得出来,你不受法律保护,就是说没有公道可讲,没有道理可讲,没有尊重可讲,做做样子也不需要。人家自称允许发表你的谈话,人家只关心你的谈话是蠢话;人家把你没说的话说成是你说的,把你没写的信说成是你写的,把你没做的事情说成是你做的。人家走近你,好选准捅死你的位置。流亡是座栅栏。人家看流亡,犹如看

---

① 维多克是19世纪法国的职业流氓警察。

关野兽的坑;你被孤立了,但被监视着。

不要给法国的朋友写信,你写的信被允许拆开,这是最高法院同意的事情。不要相信被流放者的熟人,你的熟人最后是说不清的。这个在泽西岛对你微笑的男人在巴黎血口喷你;这个人用真名问候你,却用假名羞辱你;这个人就在泽西岛为反对流亡的这班人,写下一篇篇文字,去献给帝国的那班人,又把这些文章献给银行家佩雷尔①,来为这些文字说公道话。这种种事情都很简单,请记住了。你是在检疫站。如果某个正派人来看你,算他倒霉。边境有人等他,皇帝化身警察在边境等着。人家把妇女剥光衣服,要在她们身上搜寻你的一本书,如果妇女不从,如果她们生气,人家对她们说:"不是看你的皮肉!"

这个主子是叛徒,他随心所欲在你身边安插人。决定流放的人决定被流放人的身份,他用被流放者装扮自己的间谍,毫无安全可言。你可要当心自己,你对一张脸蛋说话,是个面具在听你说话。你的流亡摆脱不掉间谍这个幽灵。

---

① 佩雷尔,19世纪法国的银行家和实业家。

一个神秘兮兮的陌生人来凑着你的耳朵说话，他对你宣称，如果你需要，他可以负责去谋杀皇帝。这是波拿巴向你提出去杀死波拿巴。在你和朋友举行的宴会上，有人会在角落里高呼："马拉万岁！埃贝尔万岁！[①]断头台万岁！"你认真听听，你会听出来是卡利耶（Carlier）的声音。有时候，间谍来乞讨；皇帝借彼得里[②]求你施舍；你给了，他笑了；刽子手的乐趣。你付清了这个流亡者住宿旅舍的欠账，这是个特务；你付了这个难民的旅费，这是个警察。你在街上让路，你听到有人说："这真是个暴君！"人家说的是你。你转过身来："这个人是谁啊？"人家回答你："一个被流放者。"哪里，这是个政府官员。他狠巴巴的，是被收买的。一个共和派签名：莫巴[③]。科科（Coco）化妆成斯凯伏拉（Scaevola）。

那些创造发明，那些招摇撞骗，那些厚颜无耻，请你收下来。这是些帝国发来的炮弹。

[①] 马拉和埃贝尔都是法国大革命时期的左派革命家。
[②] 彼得里，1851年12月2日政变后的巴黎警察局长。
[③] 莫巴，1851年12月政变的警察总长。

尤其是不要提出什么要求，可以一笑了之。如果提出要求，辱骂又会开始，同样的辱骂，甚至懒得变变花样。何苦要换一番口水？昨天的口水够了。

侮辱会持续不断，不停不息，天天都有，不知疲倦地平心静气，车轮转动得心安理得，被收买又矢口否认得心安理得。报复呢，没有。辱骂因为卑劣，还要辩白。平庸救了小虫，掐死是不可能的。诽谤明知不受惩罚，欢欢喜喜，大行其道；污蔑低下到如此愚蠢的地步，与其降低身份去辟谣，不如恶心地忍受下来。

污蔑者的观众都是笨蛋。让人哈哈大笑。

你被人污蔑岂不是非常平常的事情，对此还惊讶不已。你这个人不就是这个命？老实人啊，你就是靶子。学士院的某个人物因为污蔑了你，另一个人物因为同样的英勇行为荣获十字勋章，皇帝在辱骂的战场上给他授了勋。还有一个人肆意羞辱，出类拔萃，被任命为省长。羞辱你有利可图。大家都要活下去。天哪！谁叫你是流亡者？

你要讲道理。你错定了。是谁强迫你说政变的坏话？你为权利而斗争，到底想怎么样？你怎么会心血来潮，站在法律一边奋起斗争？难道你去捍卫权利和法律，而权利和法律身边就没有人保护？真是些蛊惑人心的人！死心眼，死脑筋，固执己见，真是荒唐。有人刺杀权利，谋杀法律，说不定也有他的道理。要和这个人站在一起。他成功了，就是对的。既然成功变成权利，请你和成功站在一起。大家都会感谢你的。我们也会赞美你的。你就不会被流放出去，会成为参议院议员，就不会有一张白痴的脸了。

你敢怀疑此人有权这样做？可你要看到他已经成功了。你也看到那些曾经控告他的法官们现在对他宣誓效忠！你也看到了那些神父、士兵、主教、将军站在他的一边！你就以为自己比这一切品德更高尚！你还想和这一切对着干！得了吧！这一边，都是受人尊敬，都是值得尊敬，都是受人崇敬，都是值得崇敬，那一边，就只有你！荒唐，我们嘲笑你，我们做得对。对一头野兽撒谎是可以的。所有正经人都反对你，我们，我们是诽谤者，我们是和正经人站在一起。看看吧，好好想想，回到你自己这边来吧。当然要拯救社会。谁的社会？你的社会。你无所不用其极地威胁这个社会？不要再有战争,不要再有绞刑架,取消死刑,免费义务教育,人人都会读书写字!太可怕了。都是吓人的乌托邦!不能自立的妇女成为自立的妇女,人类的这一半可以参加普选;借离婚解放婚姻;穷人家孩子像富人家孩子受教育,由教育达到平等;借助消灭寄生虫,出租公有住房,变阴沟为肥料,重新分布社区资产,开垦休耕地,开发社会的剩余价值,达到先减税,最后免税;借江河养殖实现廉价的生活;再没有阶级,再没有边境,再没有束缚,欧罗巴共和国,大陆统一货币,交通畅达,使财富大量增加。都是痴心妄想!要避开这一切!怎么说!要人和人之间讲和平,没有军队,没有服兵役!怎么说!要开垦法国,可以养活两亿五千万人口。再没有税收,法国就靠收益生活!怎么说!妇女可以投票,孩子在父亲面前有权利,家庭妇女不再是女仆、不再是女佣,丈夫不再有权处死自己的妻子!怎么说!神父不再是主人!怎么说!不再会打仗,不再要士兵,不再要刽子手,不再要绞刑架和断头台!可这有多可怕啊!要救救我们。总统救了我们。皇帝万岁!——你在和皇帝对抗,我们宰了你,我们在你身上爱怎么写就怎么写。我们当然知道，我们说的话不对，可我们在保护社会，而保护社会的诽谤具有公益的性质。既然法官站在政变一边，正义也是一样；既然神职人员站在政变一边，宗教也是一样。宗教和司法具有神圣无瑕的形象，诽谤对他们有用，就具有大家赋予他们的荣耀的性质。这是个妓女，好吧，可妓女被用来做处女。请尊重妓女。

侮辱者就是这样思考的。

被流放者最好的做法，就是想想别的。

流亡之五

既然他在海边，不能错失这个机会。天地无穷无尽，眼前翻滚不已，这会给他智慧。他会沉思波浪对海岸、无耻对真理没有尽头的反叛。漫骂、张牙舞爪也是徒然的。他会注视波涛在岩石上喷吐白沫，他会思忖这白沫能捞到什么好处，这花岗岩能有什么损失。

不，对辱骂不反抗，不情绪激动，不报复，要严峻的冷静。岩石往下流水，却岿然不动。有时候，岩石因为流水而闪闪发光。诽谤最后成了一盏分枝的吊灯。

看到玫瑰花上一条银色的丝带,就明白有毛毛虫爬过去了。

吐在基督额头上的痰,还能有更美的东西!

一个神父,一个叫塞居尔的人,把加里波第①叫作胆小鬼。他意犹未尽,加了一句:"像个月亮。"——加里波第像月亮一样胆小!——这让人浮想联翩。这就会令人产生一些想法。阿喀琉斯②是懦夫,所以忒耳西忒斯③是勇士;伏尔泰是蠢货,所以塞居尔就深刻。

让被流放者尽其责任,让他任由谩骂施展其伎俩。

让被流放者被围堵,被背叛,被人嘘,被吠叫,被啄咬,而一声不吭。

沉默,是伟大。

因此,越想制止辱骂,就越是鼓动辱骂。向诽谤扔过去的任何东西,对诽谤来说是燃料。诽谤这行当会利用自己的丢脸。和诽谤对骂,正中诽谤的下怀。说到底,诽谤就喜欢被诽谤者。诽谤痛苦了,诽谤会死于被

---

① 加里波第(1807—1882)是意大利民族英雄、军事家。
② 阿喀琉斯是荷马史诗中的英雄。
③ 忒耳西忒斯是荷马史诗中丑陋和胆小的人物,后来被阿喀琉斯一拳打死。

人鄙夷不屑。诽谤冀求被辟谣的荣幸。别把辟谣的荣幸赏给诽谤。诽谤被人扇了耳光，证明自己被人看到了。诽谤会送上热乎乎的脸颊道：我在啊！

流亡之六

再说了，被流放者为什么要抱怨？又有什么好抱怨的呢？打开一部历史看看。伟人们受的凌辱比他们更多。

侮辱人是人类的老习惯了，游手好闲之辈就喜欢扔石头；做了超越平均线的事情要倒霉；顶峰会从天上招来雷击，从地上招来石头。这几乎是他们的过错，他们干吗是顶峰呢？他们招来目光，招来凌辱。这个行人，心生妒忌，从没有离开过街道，他的职责就是恨，总能在高楼大厦的阴影下遇见他，渺小，怒气冲天。

专家、学者应该作一番研究，找找伟人失眠的原因。荷马睡了，bonus dormitat（拉丁文，"圣人睡了"),睡眠被佐伊尔①吵醒了。

埃斯库罗斯感到皮肤上有尤波利斯②和克拉提努斯③的烧灼痛,这类极其渺小的小人物多的是:维吉尔④身上有梅维乌斯(Moevius),贺拉斯⑤身上有卢西利乌斯⑥,尤维纳利斯⑦身上是科德鲁斯⑧,但丁身上是科克齐(Cecchi),莎士比亚有格林⑨,罗特鲁⑩有斯居代里⑪,而高乃依有法兰西学士院,莫里哀有多诺·德·维塞⑫,孟德斯鸠有德方丹⑬,布封有拉·博梅尔⑭,卢梭有帕利

---

① 佐伊尔是公元前4世纪的诡辩学家,以不合常理为由攻击荷马,据说著有《荷马的灾难》,后人即以此称他为"荷马的灾难"。
② 尤波利斯(约前446—前411),古希腊雅典喜剧诗人。
③ 克拉提努斯(约前519—前422),古希腊旧喜剧作家。
④ 维吉尔(前70—前19),著名的古罗马诗人,著有《牧集》《农事诗集》等。
⑤ 贺拉斯(前65—前8),古罗马诗人、批评家。
⑥ 卢西利乌斯,公元前2世纪的讽刺作家。
⑦ 尤维纳利斯,公元1—2世纪的讽刺诗人。
⑧ 科德鲁斯,古希腊雅典君主之一。
⑨ 罗伯特·格林(1558—1592),英国剧作家。
⑩ 让·罗特鲁(1609—1650),法国诗人、剧作家。
⑪ 斯居代里(1607—1701),法国女作家。
⑫ 让·多诺·德·维塞(1638—1710),法国记者、剧作家。
⑬ 皮埃尔·德方丹(1658—1745),法国记者、翻译家。
⑭ 拉·博梅尔(1726—1773),法国作家。

索①，狄德罗有诺诺特②，伏尔泰有弗雷隆③。光荣是张黄金床，床上有臭虫。

流亡并非光荣，可和光荣有那么一点像，有寄生虫。敌意不是放下了事的东西。看到被放逐的正义之士在安睡，让在尼禄和提比略④餐桌下捡拾残羹剩饭之流大为不悦。怎么，他睡了！他倒舒服！咬他一口！

一个被打倒在地的人，已经躺下来的人，被扫地出门的人（这其实很简单，既然维特利乌斯⑤是偶像，尤维纳利斯就是垃圾），一个被放逐者，被剥夺干净的人，被打败的人，人家嫉妒的就是这些。真是滑稽，被放逐者有人嫉妒。只有德高望重者嫉妒灾难深重，只有卡托⑥嫉妒雷古卢斯⑦，只有特拉西亚斯⑧嫉妒布鲁图

---

① 帕利索（1730—1814），法国剧作家。
② 诺诺特（1708—1785），法国画家。
③ 艾利·弗雷隆（1718—1776），法国记者、文学评论家、辩论家。
④ 尼禄和提比略都是古罗马暴君。
⑤ 维特利乌斯是靠献媚爬上皇座的罗马皇帝。
⑥ 卡托，以清正节俭著称的古罗马政治家，极力反对外敌迦太基。
⑦ 雷古卢斯，古罗马的常胜将军，在和迦太基的和谈中被迦太基人暗算杀害。
⑧ 特拉西亚斯，古罗马皇帝马库斯·奥雷利乌斯统治时期的一名殉道者。

斯①，只有拉布②嫉妒巴尔贝斯，才是可以理解的事情。但并非如此。卑劣者竟然也想要妒忌高贵者，因失败者高傲的抗议受到折磨，真是平庸和无谓得一文不值。居斯塔夫·普朗什③嫉妒路易·勃朗④，巴库拉德⑤嫉妒弥尔顿⑥，乔克里斯⑦嫉妒埃斯库罗斯。

古代的羞辱人者只追随胜利者的战车，当今的羞辱人者追随战败者被示众的木架。战败者在滴血。羞辱人者在滴下的血上撒点泥巴。好吧。

让他们享受这份乐趣吧。

这份乐趣看来是千真万确的，因为主子并不讨厌，通常还有报酬。

秘密基金公然侮辱别人。暴君在和被流放者的战争中有两个助手，第一是嫉妒，第二是腐败。

我们在说到这就是流亡的时候，需要有一点细节。

---

① 布鲁图斯，古罗马的政治家。
② 拉布（1784—1829），法国作家、历史学家、记者。
③ 居斯塔夫·普朗什，19世纪法国的文学评论家。
④ 路易·勃朗，19世纪法国政治家和历史学家。
⑤ 巴库拉德，18世纪法国剧作家、小说家。
⑥ 弥尔顿，17世纪英国诗人，《失乐园》的作者。
⑦ 乔克里斯，18世纪法国的戏剧人物，以滑稽可笑著称。

点明某些特殊的啮齿类动物正是在题目范围之内，我们不得不探讨这门昆虫学。

流亡之七

以上是流亡生活小的方面，下面是大的方面。

沉思，默想，受苦。

孤身一人，又感到和人在一起；憎恶罪恶的得逞，但可怜恶人的得意；坚定自己做个公民，如哲人净化自己；受穷，要靠工作弥补自己的破产；筹划和谋划，筹划好事情，谋划更好的事情；只有公众的愤怒，没有个人的仇恨；呼吸孤独中的浩然大气，潜身于绝对的大空想之中；仰望天上，又不无视人寰；不会静观理想到忘却暴君的地步；在自己心中看到既有越来越强烈的怒不可遏，也有越来越深沉的平心静气，两者兼而有之；有两个灵魂，一是灵魂，一是祖国。

有个温馨的事情，先要有怜悯心；罪犯一旦被打倒和下跪，要有仁慈心肠；告诉自己不能把合十的双手拒之于门外。对于未来的失败者，不论他们是谁，对于陌生的难民，会感到崇高的欢愉，允诺给予他们庇护。敌人倒下，愤怒就放手。本文作者已经让他的难友习惯于听到他说："真要是来一场革命，逃窜的波拿巴第二天来敲我的门，求我庇护他，他会毫发无伤的。"

无论敌意会如何发作，被流放者的良心里就有这样的沉思。这样的沉思并不影响他尽自己的责任。绝不如此。沉思会鼓励他尽到责任。今天越是铁面无情，明天越有怜悯之心；一边狠狠鞭笞掌权者，以后也会援助求情者。今后，你要赦免他，只有一个条件：悔罪。今天，你面对神气活现的罪行，狠狠打。

给取胜的敌人挖掘深渊，准备给失败的敌人提供庇护，怀着能够原谅的希望而战斗，这就是流亡在尽大力，流亡也有大梦。此外，还有面对普天下苦难的赤胆忠心。被流放者有此豪情：为人必有用。他自己受伤，他自己滴血，要忘却自己，尽力包扎人类的伤口。有人会想，他是在做梦。非也，他在寻找现实。可以说一句，他找到了现实。他在沙漠里转悠，而他梦见的是城市，是喧闹，是人来人往，是贫穷，是一切在劳动的人，在思想的人，是在扶着犁耕耘的人，是在打磨铁针的人，是没有生火的阁楼里女工冻红的手指，是不播撒善的地方在蔓延的恶，是失业的父亲，是失学的儿童，是荒芜的脑袋里生长的野草，是夜晚的街头，是苍白的路灯，是饥饿向行人可能提供的方便，是社会的种种极端行为，是可怜的少女卖身，男人啊，是我们的错。痛苦和有益的民意调查。孵化问题，办法就出来了。他坚持不懈地沉思。他在海边的脚步不是白费的。他和深渊这个强者称兄道弟。他注视无限，他聆听陌生。浩大低沉的声音在对他说话。浩浩然的大自然向这个孤独者围上来。严酷的触类旁通给他教育，向他提出建议。他命中注定，他备受迫害，他沉思默想，他的面前有浓云，有气息，有雄鹰；他看到他的命运像浓云，电闪雷鸣，黑压压的，看到迫害他的人也是徒劳，像是气息，看到他的灵魂像雄鹰，自由自在。

流亡者是个好心肠的人。他爱玫瑰，他爱鸟窝，他爱蝴蝶的飞舞。夏天，他在万物温馨的欢乐中心情舒畅。他幼稚到信仰上帝，所以对隐秘和无限的善意怀有不可动摇的信念。他把春天当成自己的家，密密匝匝的枝丫充满可爱的绿色小窝，这是他精神的居所；他在四月间生活,他在花月①里居住;他凝望花园和草地,深深地激动;他觊觎一片草丛里的奇迹;他研究这些蚂蚁和蜜蜂的共和国;他借视而不见的维吉尔的耳朵,比较树林中农事诗里相互媲美的不同和声;自然界如此美丽,他不时感动得热泪盈眶;荒野的荆棘丛吸引他过去,走出荆棘丛时有点害怕;岩石的姿态让他好奇;他在沉思默想中看到三岁的小女孩在沙滩上奔跑,光脚浸在海里,裙子吹得圆圆地翻转过来,露出会子孙满堂的童贞肚皮。冬天,他给小鸟在雪地里撒面包屑。有人时不时地给他写信:你知道,某个刑罚取消了;你知道,某个脑袋保住了。他向苍天伸出双手。

流亡之八

对付这个危险人物,各国政府相互协助。政府彼此之间倾力相助,迫害被流放者,囚禁,驱逐,有时是引渡!引渡!对,是引渡。1855年,泽西岛就是如此。10月18日,流亡者看到一艘帝国政府的船,停泊在圣赫里

---

① "花月"在法国大革命时使用的共和历中,相当于四月。

尔①的码头上——"阿里尔号"（L'Ariel），是来接流亡者的，维多利亚把被流放者交给拿破仑；朝廷和朝廷之间，彼此礼尚往来。

这份礼没有送成。英国皇家的媒体拍手叫好，可是伦敦市民却不看好。伦敦人民发火了。伦敦人民就是这样。政府可以是盲从的卷毛狗，而人民是一条凶猛的大狗。一条大狗，狗的身子，狮子的脾气。行事正直的陛下，是英国人民。

善良和自豪的英国人民张口露出了獠牙，帕麦斯顿②和波拿巴不得不满足于驱逐了事。被流放者们多少有点激动。他们收到官方的指令，发音蹩脚，加上一个微笑。被流放者们说，行了。Expioulcheune（法语腔的英语词：驱逐）。这样的发音让他们满足了。

在那个年代，我们说一下，如果各国政府和流放头子有配合，大家会感到被流放者们和各国人民之间有精彩的默契。人民之间的声援孕育着未来，有各种各样的表现形式，本书的每一页都能体现出来。随便一个行

---

① 圣赫里尔是雨果流亡的泽西岛首府。
② 帕麦斯顿是当年的英国内政大臣。

人,一个孤独的人,在某条行程路线上认出来的旅客,人民的声援无处不见。有些事情也许无从察觉,也未必重要,但说明问题。下面有一件事情,也许值得好好回忆。

流亡之九

1867年夏天,路易-波拿巴已经达到犯罪所能达到的最高荣耀。他在自己山头的顶峰,因为他身处羞耻之巅,一路畅通无阻。他的无耻,已登峰造极。没有更彻底的胜利了,他似乎征服了所有的良知。陛下们和殿下们,不在他的脚下,就在他的怀里:温莎城堡、克里姆林宫、美泉宫①和波茨坦②,都在法国的杜伊勒里宫相互约会。应有尽有了,政治上的光荣,有鲁埃③先生;军事上的光荣,有巴赞④先生;而文学上的光荣,有尼萨尔⑤

---

① 美泉宫,奥地利首都维也纳的皇宫。
② 波茨坦,德国城市,是普鲁士王族的夏宫所在地。
③ 鲁埃,第二帝国时的部长,官至参议院议长。
④ 巴赞,法军元帅,普法战争时是法军总司令。
⑤ 尼萨尔,法国文艺评论家,归顺第二帝国后在大学任教。

先生；受到名士的接待，例如维埃亚尔先生和梅里美①先生；"十二月二日"于他绵延不绝，塔西佗有一十五年，grande mortalis oevi spatium（拉丁文，"凡人的一生有众多部分"）；帝国全面胜利，如日中天，一览无余。有人在剧院里嘲笑荷马，在学士院嘲笑莎士比亚。历史教授肯定莱奥尼达斯②和威廉·退尔③并无其人。凡事和谐，绝无杂音。思想之平庸，人人皆臣服，相得益彰；学说之卑劣，和人物之狂妄，旗鼓相当；卑鄙号令天下。存在着某种"英法国"，半是波拿巴，半是维多利亚，帕麦斯顿说由自由构成，特洛普隆说由帝国构成；不只是盟，几乎是吻。英格兰的大法官颁布讨好人的法令，英国的政府自称是帝国政府的仆人，正如刚才所见，通过驱逐，通过官司，通过威胁外侨法案和英国式的小小迫害，向帝国政府表明自己是下属。这个"英法国"把法国放逐，让英国屈辱，但是"英法国"在发

---

① 梅里美，法国作家，中篇小说《嘉尔曼》（一译《卡门》）的作者。
② 莱奥尼达斯，斯巴达国王，率领三百勇士，顽强抵抗波斯人入侵。
③ 威廉·退尔是传说中瑞士独立的英雄。德国作家席勒著有剧本《威廉·退尔》。

号施令，法国是奴隶，英国是仆役，情况就是如此。至于将来，将来被蒙住了。而现在是脸上清清楚楚的耻辱，不过大家都坦言，这样好极了。在巴黎，万国博览会容光焕发，让欧洲看花了眼。万国博览会上有奇迹，譬如一个底座上放一门克虏伯的大炮，法国人的皇帝在向普鲁士国王表示祝贺。

这是伟大而繁荣的时刻。

被流放者从来没有受到这般歧视。有些英国报纸称他们为"反叛者"。

在这同一个夏季，七月份的一天，有个旅客从根西岛渡海去南安普敦。这个旅客正是我们刚才提到的"反叛者"之一。1851年时他是人民代表，而在12月2日那天成了流亡者。这个旅客，他的名字此地无须说明，只因我们下文即将叙述的情况而有机会提及，他当天上午在圣彼得港①登船，搭乘"诺曼底号"邮轮。根西岛到南安普敦的航行有七八个小时。

这是在埃及总督先是问候拿破仑，又来问候维多利亚的时代，而就在这一天，英国女王提出请这位埃及总

---

① 圣彼得港是根西岛的首府。

督在南安普敦邻近的希尔内斯船坞里观赏英国的舰队。

我们刚才说起的这位乘客,是个头发花白的男人,一言不发,注视着大海。他站立在舵手的附近。

"诺曼底号"是上午十点钟离开根西岛的,此时大约下午三点。我们靠近"针头山",此地是怀特岛①南端的标志。我们远远看到大海上这座高耸而野性的建筑,望见这些巨人般的白垩海角,从海洋里矗立出来,如同一座神奇的大教堂沉没后的钟塔。我们快要驶入南安普顿河,舵手开始操作转左舵。

这位乘客眺望着"针头山"靠近了,突然,他听到有人叫他的名字。他转过身来,他的面前是船上的船长。

这位船长大概和他的年纪差不多。他的名字是哈尔威,他双肩结实,浓密而白白的颊髯,黝黑而神气的脸蛋,目光和蔼可亲。

他说:"先生,您可是想看看英国的舰队?"

乘客还来不及表达这个愿望,先就听到身边几个妇女异口同声地说好极了。

---

① 怀特岛是英国南端岛屿,在朴次茅斯和南安普敦之间。

仰起头颅等待

乘客只是回答道：

"不过，船长，这可不是你的航线。"

船长又说：

"如果您喜欢，就是我的航线。"

"改变航道？"

"是的。"

"为了让我高兴？"

"是的。"

"一艘法国船才不会为了我这么干！"

"一艘法国船不会为您干的事情，一艘英国船就会干。"

他接着又说：

"只不过，我为了对我的上司负责，请你在我的日志上写下您的愿望。"

接着，他把航海日志递给这位乘客，乘客把他的话笔录下来："我很想看看英国舰队。"并签了名。

片刻以后，汽船右舵斜行，把针头山和南安普顿河留在了左侧，驶入希尔内斯的船坞。

景象果然漂亮。大炮齐鸣，夹杂了硝烟和隆隆炮声；密密麻麻的铁甲战舰的侧影，有先有后，在一片淡红色的浓雾中依次排开，一大片杂乱无序的桅杆时隐时现；"诺曼底号"在这片巨大的黑影里驶过，受到一声声"乌拉"的欢迎；今天穿过英国舰队的航行有两个多小时。

将近七点，"诺曼底号"到达南安普敦，船上悬挂了彩旗。

哈尔威船长的一个朋友，《欧洲邮报》的主任拉斯科尔先生在港口等候他；他看到船上悬挂彩旗，吃了一惊。

"船长，你这是为谁悬挂的彩旗啊？为埃及总督吗？"

船长回答："为了被流放者。"

"为了被流放者。"请翻译成："为了法兰西。"

我们本来不会把这件事情讲出来，如果这件事情没有因为哈尔威船长的结局，而具有非同寻常的伟大意义。

他的结局是这样的。

这次希尔内斯的检阅三年以后，就在他刚刚把一份英吉利海峡水手的致谢信交给这个1867年7月的乘客后，1870年3月17日的夜间，哈尔威船长执行他从南安普敦到根西岛的例行航线。大雾笼罩海上。哈尔威船长站在汽船的驾驶台上，因为是夜里，又有雾，他小心翼翼地操纵机器。旅客都睡了。

"诺曼底号"是一艘很大的船，也许是英吉利海峡上最漂亮的邮船，载货600吨，船长220英尺[①]，宽25英尺。船员说，船很"年轻"，不满7岁。船是1863年建造的。

雾越来越浓，船已经驶出南安普顿河，行驶在茫茫大海上，驶出针头山大约15海里。定期邮轮缓慢地向前行驶。凌晨4点钟。

天黑得伸手不见五指，像是有低垂的天花板笼罩着汽船，几乎看不见海船的桅顶。

这些盲目行驶的船在夜间航行，没有比这更可怕的了。

突然，在海雾中冒出来一个黑点，是幽灵，是大山，是黑乎乎的岬角，在浪花里飞驶，捅破了沉沉夜

---

① 1英尺约等于0.3米。

色。这是"玛丽号",用螺旋桨推进的大汽船,从敖德萨驶来,去格里姆斯比①,载有500吨小麦。船速度很快,载重量巨大。

"玛丽号"向"诺曼底号"笔直地快速驶来。

撞船绝无可能避免,这两艘幽灵船在大雾中很快翘了起来。没有靠近,直接撞船。还没有来得及看清有船,就死定了。

"玛丽号"全速冲来,从侧面撞上"诺曼底号",把船撕裂了。

"玛丽号"自己猛烈一撞,船也损坏,停了下来。

"诺曼底号"上有二十八名船员,一名女服务员是女佣,有三十一名乘客,包括十二名妇女。

震动可怕极了。须臾之间,人人都到了甲板上,男人、女人、孩子,几乎赤身裸体,跑着、喊着、哭着。海水疯狂涌进来。机器间的炉子一碰到海水直喘气。

船上没有防水的隔板,救生圈不够用。

哈尔威船长直挺挺地站在指挥的驾驶台上,喊道:

"全体安静,听着!把舢板放下海。妇女先上,其

---

① 格里姆斯比,英国港口。

他乘客跟上,船员最后。要救六十个人。"

一共有六十一个人。可他把自己忘了。

小艇解开了。大家迫不及待登上小艇。这股劲头会掀翻救生艇的。大副奥克尔福特和三名水手长,古德温、贝内特和韦斯特,挡住了因为恐怖而发疯的人群。睡了,突然马上死去,太可怕了。

此时,一片哭喊和喧闹声之上,大家听到船长沉稳的声音,和黑暗中这样简短的交谈:

"洛克斯机械师?"

"船长?"

"锅炉怎么样?"

"淹了。"

"火呢?"

"熄了。"

"机器呢?"

"不转了。"

船长喊道:

"奥克尔福特大副?"

大副回答:

"到。"

船长又说：

"我们还有几分钟时间？"

"二十分钟。"

"够了，"船长说，"每个人按顺序上船。奥克尔福特大副，你的手枪在吗？"

"有枪，船长。"

"哪个男人抢在妇女前，开枪打死他。"

大家不吭声。没有人违抗。人群感到头顶上有个高大的灵魂。

"玛丽号"这边也放下了救生艇，赶来挽救自己酿成的这场沉船灾难。

救援工作有条不紊地进行着，几乎没有争斗。历来如此，会有可悲的自私自利，也会有悲壮的自我献身。

哈尔威在船长位置上不动声色，指挥一切，掌握一切，领导一切，管着每一件事，管着每一个人，冷静地驾驭着恐慌的场面，仿佛是在给灾难下达一个个命令。简直可以说是沉船在服从他的命令。

某个时候，他又喊道：

"要救克莱芒。"

克莱芒是见习水手,是个孩子。

轮船在深深的水中慢慢地越来越小。

大家尽可能在"诺曼底号"和"玛丽号"之间更快地穿梭来回。

"快干。"船长喊道。

二十分钟到了,汽船沉没。

船头先沉下去,然后是船尾。

哈尔威船长,站在驾驶台上,没有动一动,没有一句话,纹丝不动地沉入深渊。大家透过阴森森的海雾,看着这尊黑色的雕像沉入大海。

哈尔威船长这样结束了一生。

请他接受这个被流放者的永别。

英吉利海峡没有一个海员能与他相提并论。他终生尽好他是男子汉的职责,逝世时行使了英雄的权利。

流亡之十

是不是被放逐者在憎恨放逐者？不是。被放逐者在和放逐他人者进行斗争，就是这样。

殊死搏斗？对。永远作为公敌，从来不是私敌。君子的愤怒不会超越必要的范围。被放逐者憎恶暴君，不问这个放逐者本人。如果他认识放逐者，只是在责任的范围内攻击他。

如有必要，被放逐者要为放逐者伸张正义。譬如如果放逐者算得上是个作家，有足够的作品，被放逐者欣然接受。毫无疑问，顺便说一说，拿破仑三世要真是个合适的学士院院士，那帝国的学士院或许出于礼貌，尽量降低水平，好让皇帝进学士院；皇帝也可以身居文学界的同道之中，陛下也绝不会让四十人的学士院黯然失色。

在宣布皇帝要求补一个空缺院士职位的年代，我们认识的一位院士为了给研究恺撒的历史专家，又给"十二月"的政变人做出公正评价，事先拟就了投票公报："我投票赞成路易–波拿巴先生进学士院，也进苦役犯监狱。"

大家看到，可以做的让步，被放逐者全做了。

从原则的角度看，这样才面面俱到了。他的刚正不阿由此开始。这样，他不再是一个政界行话所说的"实用派"。他由此而忍让一切，忍让暴力，忍让污蔑，忍让破产，忍让流亡。你还要他怎么样呢？他嘴里有真理，如果必要，真理要说话，不论他是否同意。

借真理说话，也为真理说话，这是使他感到自豪的幸福。

真有两个名字，哲学家把真叫作理想，政治家把真称作幻想。

政治家是对的吗？我们不这样想。

听政治家说，一个被放逐者所能提出的建议都是"幻想"。

他们说，就算这些建议对他们是真理，他们也会在现实里反对被放逐者。

我们仔细看看。

被放逐者是个幻想派。好吧。这是个有预言能力的盲人。从绝对的角度说是预言者，从相对的角度说是盲人。他的哲学优秀,他的政治拙劣。如果大家听他的话,会走向深渊。他的建议是诚实的建议,也是失败的建议。原则说他是对的,可事实说他错了。

我们来看看事实吧。

约翰·布朗在哈珀斯费里被打败。政治家们说:"绞死他。"被放逐者说:"尊重他。"约翰·布朗被绞死了,联邦解体了,南北战争爆发了。约翰·布朗得救了,美国也就得救了。

从事实的角度看,到底谁是对的?是实用派还是幻想派?

第二个事实:马西米连诺①在克雷塔罗被捕。实用派说:"枪毙他。"幻想派说:"赦免他。"把马西米连诺枪毙了。这就足以把一件盛大的事变成一桩渺小的事。墨西哥英勇的斗争失去其崇高的光辉、高尚的仁慈。赦免马西米连诺,墨西哥今后就不可侵犯,这个民族先通过战争取得独立,再通过文明取得主权;墨西哥人民的额头上,先是头盔,再是王冠。

---

① 马西米连诺(1832—1867),墨西哥皇帝,是拿破仑三世强加给墨西哥人民的皇帝,被捕后被杀。

又是一次，这个幻想派看准了。

第三个事实：伊莎贝拉①被拉下了王座。西班牙今后怎么样？是共和国还是君主制？政治家们说："要君主制！"这个被放逐者说："要共和国！"这个幻想派的话不听，实用派占了上风——西班牙成了君主制国家。国家君主从伊莎贝拉换成阿玛迪奥，从阿玛迪奥换成阿尔封斯，下面会是卡洛斯，这事只和西班牙有关。可是下面就和世界有关了：这君主制要找个君主，给了霍亨索伦王朝②一个借口，由此而来的是普鲁士的埋伏，由此而来的是法国被绞杀，由此而来的是色当，由此而来的是耻辱和黑夜。

假设西班牙是共和国，就没有埋伏的借口，就没有可能是霍亨索伦的人，也就没有灾难。

所以说，被放逐者的建议是明智的。

要是大家能偶然发现这个古怪的事情多好：真理并不愚蠢，怜悯和解救的想法有点好处，强者是正直的

---

① 伊莎贝拉（1830—1904），西班牙女王。
② 霍亨索伦王朝起源于德意志南部的霍亨索伦家庭，是普鲁士王国发展为德意志帝国期间的重要王朝。

人，而理智是有道理的！

今天，身处灾难之中，经历外战和内战后，面对双方面都要负的责任，昔日的被放逐者想到了今天的被放逐者，他关心流亡，他曾经想救约翰·布朗，他曾经想救马西米连诺，他曾经想救法兰西，这段过去给他照亮未来，他很想治愈祖国的伤口，他要求大赦。

这是个盲人吗？这是个预言者吗？

流亡之十一

1851年12月，本文作者来到国外时，首先是生活艰难，在流亡中感受到res angusta domi^①。

如果对被放逐者这方面的物质生活不加说明，而且没有顺便提到，简单说上几句，那这篇《这就是流亡》的概述会是不完整的。

这位流亡者曾经拥有的全部财产，仅仅剩下七千五百法郎的年收入。过去每年为他带来六万法郎的

---

① 拉丁文，"日常生活的窘迫"，语出尤维纳利斯的《讽刺诗》第三篇。

戏剧收入被取消了。他的家具被匆匆拍卖，所得不足一万三千法郎。他有九口人要养活。

他要支付以他为核心的一群人的交通费、旅费、新的搬家费、活动费，以及今后漂泊无定、任风吹刮的生活的种种意外支出。一个被放逐者是一叶无根的浮萍。需要保持生活的尊严，要身边没有人受苦。

因此，必须立即工作。

说一说第一处流亡的家"海景台"，租金十分低廉，每年一千五百法郎。

法国市场对他的作品关上了门。

第一批比利时出版商印他的任何作品，没有给他付任何钱，包括两卷《演说集》。《拿破仑小人》是例外。比利时出版商付给作者大约一万五千法郎。至于《惩罚集》，作者为此花了两千五百法郎。这笔钱交付给萨穆埃尔（Samuel）出版社，便再也没有得到偿还。十八年间，一版又一版的《惩罚集》的全部收益都被外国出版商没收了。

英国的王家报纸大肆嚷嚷英国人好客，大家记得，还伴有夜间袭击和驱逐出境，就和比利时人的好客相仿。英国人的好客说得完整些，是对流亡者的作品态度温和。他们重印这些作品，出版并发售这些作品，匆匆忙忙，极尽让英国出版商赢利之能事。对书籍之好客竟然达到忘却作者的地步。英国法律是英国人的好客的组成部分，也允许此类忘却。一本书的责任是让作者饿死，《查特顿①》可以见证，让出版商发财。《惩罚集》以前在英国出售，现在永远出售，并只为杰夫斯（Jeffs）书店赚钱。英国剧院对法国剧本之好客，也不下于英国书店对法国书籍之好客程度。《吕依·布拉斯》在英国上演了二百多场，没有给作者付过一分报酬。

大家看到，伦敦的王家和波拿巴报纸责备被放逐者滥用英国的好客态度，不是没有理由的。

这些报纸还经常把本文作者叫作"吝啬鬼"。

他们还叫他"醉汉"，abandoned drinker。

这些细节都是流亡的组成内容。

---

① 查特顿（1752—1770），英国诗人，无依无靠，穷困潦倒，18岁受冤自杀。法国诗人维尼于1835年创作剧本《查特顿》。

流亡之十二

这位流亡者绝不怨天尤人。他工作。他为自己、为家人重建自己的生活。一切顺利。

做个被放逐者有什么功劳吗？没有。这等于在问：做个君子有什么功劳吗？一个被放逐者是个坚持正直的君子。仅此而已。

有的时代，坚持正直是罕见的事情。好吧。这样的罕见会让时代少了点什么，但丝毫无损于君子。

正直如同童贞，存在于颂扬之外。你很纯洁，因为你很纯洁。白鼬有白色的毛皮，但并无功劳可言。

人民代表为了人民而被放逐，是诚实的行为。他曾经许诺，他信守诺言。他信守诺言到了超越诺言的地步，凡是一丝不苟的人都会如此。在这一点上命令委任是没有用的。命令委任的缺点是对一件高尚的事情用了一个有失身份的词汇，高尚的事情就是接受责任。此外，命令委任遗漏了主要一点，就是牺牲精神。牺牲精神是完成任务所必需的，却无法强加于人。约束是相互的，当选者的手放在选民的手中，委任方和受委任方为对方说话，受委任人要捍卫委托人，委托人要支持受委任人，两人的权利和两种力量相互联系，这就是真相。如果是这样，人民代表应该尽其人民代表的职责，人民尽人民的职责。双方良心的义务都得到清偿。那怎么说，尽责要尽到流亡吗？应该是的。这就太好了；不，这也简单。对被放逐的人民代表怎么说呢？就说他对自己的承诺一言九鼎，没有骗人。委任是一份契约。出售商品从不克扣斤两，并无光荣可言。

人民代表是正人君子，履行契约。他应该走，他走了，一直走到荣誉的尽头，走到自己良心的尽头。他在尽头看到了深渊。好。他掉落深渊。完美无缺。

他在深渊里死了？没有，他在深渊里活着。

流亡之十三

我们概述如下。

流亡这一类的生存方式，大家看到，有多种多样的面貌。

这种生活从命运看是动荡不安，从心灵看是平平静静,这个缺席者从1851年生活到1870年,从"十二月二日"生活到"九月四日",今天借这部作品向自己的国家介绍自己缺席的岁月。缺席的岁月长达十八年又九个月。他在如此漫长的岁月里究竟做了些什么?他试图不做无用之辈。缺席期间,唯一的好事情,是他本人是穷光蛋,而贫穷来敲他的家门;沉船来向这个沉船的人求援。不仅有个人,还有各国人民;不仅有各国人民,还有一颗颗良心,还有一个个真理。他竟然可以站立在礁石之上,向坠落深渊的理想伸出援手。他似乎有时觉得伤心绝望的未来在努力爬上他脚下的岩石。他算得了什么?一介草民。自强不息。面对各种恶势力携手联合,而且扬扬得意,一个人的意志又能怎样?如果是自我中心,它等于零;如果代表权利,它等于天下。

最坚忍不拔的岗位,源自最深层的坍塌,只需坍塌的人是公正的人。我们要强调:如果此人是对的,那他狼狈、破产、被嘲笑、被驱逐、被掠夺、被羞辱、被遗弃、被诬蔑,他身上概括了种种形式的失败和弱小,而都是好事,这样他才无比强大。他一身浩然正气,是不可征服的;他有现实,才是不可战胜的。这是何等强大的力量：孑然一身！周围一无所有，身上一无所有，这才是战斗的最佳条件。这样没有盔甲，才证明刀枪不入。为了正义而倒下，没有更好的环境了。面对皇帝，被放逐者挺起身子。皇帝给人磨难，被放逐者给人判刑。前者拥有法典和法官；后者拥有真理。对呀，跌倒了是好事。曾经的幸运现在败落，造就一个人的威信。你的权力，你的财富，经常是你的羁绊，这一切离开你了，你摆脱了，你才感到自己自由了，成了主人，你今后就没有束缚了。别人拿走你的一切，才把一切都给了你。被禁止做任何事情的人，才可以放手做一切事情。你不再受院士和议员的限制，你才有为了真胡作非为的轻松，美妙得可以骂娘。被放逐者的威力，有两个成分，一是他命运的不公，二是他事业的正义。这两股矛盾的力量相反相成。了不起的处境，可以用一句话概括：不受法律保护，拥有一切权利。

暴君攻击你，遇到的第一个敌人是他的罪过，即他自己；遇到的第二个敌人是你的良心，即上帝。

当然，战斗不是势均力敌的。暴君输定了。伸张正义者，向前冲吧。

在这篇导论的开头,我们试图这样表达这些现实情况:流亡,这是赤身裸体的权利。

流亡之十四

这就是为什么说本文作者在十九年间,又高兴,又伤心:为他自己高兴,为别人伤心;因为感到自己诚实而高兴,因为罪行延伸不止而伤心。罪行逐渐感染到公众的良知,最后竟称之为利益均沾。他为所谓的帝国繁荣这样的民族不幸而生气、垂头丧气。肆无忌惮的狂欢是可悲的事情。粉饰罪大恶极的繁荣是欺骗,会孕育灾难。"十二月二日"孕育的卵是色当。

这些就是被放逐者充满责任的痛苦。他预感到未来,在昏天黑地的节庆里揭露灾难在临近。他听到了重大事件的脚步声,而快活人对脚步声充耳不闻。灾难来了,灾难带着来自波拿巴和俾斯麦的双重冲击,后者的伏击惩罚了前者。总之,帝国崩塌了,法兰西会重新站立起来。一百个亿,加两个省,这是我们的赎金。太贵了,我们有权要求偿还。眼前,我们要安静。少了帝国，多了荣誉，当前的形势是好的。法国宁可遭受粗暴伤害，也比卑躬屈膝受辱要好。这是伤口和病毒的不同。有伤口可以治愈，而有瘟疫会死去。法国因为帝国而奄奄一息。而吞下耻辱，就是法国死亡。今天，耻辱被吐了出来，法国被救活了。现在，"雾月十八日"和"十二月二日"都被吐了出来，人民身上剩下的只有健康和健壮。

他在孤独中对未来沉思，流亡者关心的事情很沉重，也很平静，他的失望和希望兼而有之。大家刚才看到，他为公众的不幸忧心忡忡，而同时，又为自己被流放而有自豪感。流亡对他来说是欢乐，因为他是一份力量。教皇谕旨说路德被革出教会而没有屈服：Stat coram pontifice sicut Satanas coram Jehovah。① 这个比喻是恰当的，说此话的被放逐者承认是这样。在法国恢复的平静之上，在被打倒的法庭之上，在被封住嘴的新闻界之上，被放逐者是自由的，像真的撒旦在假的耶和华面前，可以说话了，也在说话了。他捍卫普选，反对全民公决；他捍卫人民，反对人群；他捍卫光荣，反对兵

---

① 拉丁文，"他站起来面对教皇，如撒旦站起来面对耶和华"。

痂；他捍卫公正，反对法官；他捍卫火炬，反对火刑；他捍卫上帝，反对神父。充满本书的一声声呐喊由此而来。我们刚才说过，大家还会在本书中看到，告急从四面八方向他传来，知道他从来不会在责任面前退却。被压迫者在他身上看到的是天下罪行的检察官①。只要有一颗灵魂，就能接受这个使命，只要有一个声音，就能完成这项任务。正直的灵魂，自由的声音，这就是他。他听到天边的呼求声，从他孤独的深处予以响应。这些大家可以在书中读到。主子们的种种迫害全都发泄在他身上，过去如此，现在仍然如此，他的名字上集中了说不完的憎恨；不过，这又能怎样？有什么了不起的？他并不因此而失去虽被放逐二十年却仍然顶住的自豪，他孑然一身，要对付各处群氓；他手无寸铁，要对付千军万马；他沉思默想，要对付一切凶手；他被放逐，要对付一切暴君；他是一粒原子，要对付一切巨人；他身上只有这唯一的力量，一线阳光。

这线阳光，我们说过，就是权利，永恒的权利。

---

① "检察官"的原文用 accusateur public，这是法国大革命时期的用语。

他感谢上帝。这期间,一个四十岁的额头变成六十岁①的额头,他仰起头颅活过来了。他曾经被放逐,被围捕,被驱赶。他曾经被人人遗弃,而自己没有遗弃任何人。他见到了沙漠中绝妙的景色。沙漠中有回声,他在沙漠里听到了各国人民的喊叫声。压迫者在他的注视下忙于恶行,他努力在做善事。他让暴君们在他头上肆意雷电交加,而他只关心公众的灾难。他住在一块礁石上,他沉思,他默想,他在梦想,他在漫天压过来的愤怒和威胁下平心静气。他自称很知足,因为二十年来,他的身边、他的身上,有正义,有理智,有良心,有真理,有权利,还有一声声咆哮的大海,他还有什么好抱怨的呢!

在这一大片黑影里,他有人爱着。他头上不仅仅有仇恨,一片黯淡的爱在熠熠发光,甚至照亮了他的孤独。他感到可爱和忧伤的人给他深沉的温暖,他的身边有一颗颗敞开的心,他感谢人类浩然的心灵。他被人从远处,也从近处爱着。他周围有英勇的难友,尽责坚持不懈,死死守住正义和真理,是愤怒而又微笑的战士——

---

① 编者原注:更确切地说,是从四十九岁到六十八岁。

这位优秀卓越的瓦克里①,这位令人敬佩的保尔·默里斯②,这位绝不畏惧的舍尔谢,还有里贝罗勒,还有杜拉克,还有凯斯勒,这是些勇士,还有你,我的夏尔,还有你,我的维克多③……我先打住。让我好好回忆。

流亡之十五

在这流亡的漫漫长夜里,不说一下他的视线没有片刻离开过巴黎,那这篇长文就没有写完。

他确认这一点,他在漫长岁月里一直是暗无天日的居民,他有权确认这一点,即使欧洲在暗下来,即使法国被遮住光亮,巴黎也没有黯然失色。

这是因为巴黎是未来的边境。

未知事物的可见边界。"明天"的全部内容可以在"今天"里隐约看到。这就是巴黎。

谁在用眼睛寻找"进步",就看到了巴黎。

---

① 瓦克里是雨果的弟子和挚友,随同雨果一起流亡。
② 保尔·默里斯也是雨果的弟子和挚友,在雨果流亡期间留在巴黎,代表雨果处理各种事务。
③ 夏尔和维克多是雨果的长子和次子,陪同雨果外出流亡。

有一些黑魆魆的城市；巴黎是光明的城市。

哲学家在他的梦境深处看到有巴黎。

流亡之十六

看到这座城市在生活，参与这座城市的伟大事业，精英会有令人揪心的激动。没有更广阔的地域，没有更令人不安而又更崇高的远景。无论出于生活的什么偶然，要是有人离开巴黎的景象，而看到大海的景象，改变了景色，却丝毫没有感受到无穷在增大。再说，从人的天宇到物的天宇，并没有减少什么。这种梦境的后移被记忆死死地抱住不放，会像云彩一般飘移，但是更加持久。梦里的空间不能随心所欲地变换。日夜走动的风，四种永远不停变换的风暴，轻风，阵风，狂风，吹不走两座成对塔楼的侧影，也吹不散凯旋门，吹不散敲响警钟的哥特式钟楼，和巍峨的圆屋顶四周的一圈高大的柱廊；在深渊最远的远景后面，在颠簸的浪花和船舶之上，在阳光、云彩和海风之中，在海雾里慢慢显现出这座岿然不动的城市巨大的幻影。被放逐者面前出现庄严的显圣。巴黎，是一座城市，是一个理想，无处不在。巴黎人拥有巴黎，全世界拥有巴黎。想走出巴黎是不可能的，巴黎在呼吸之间。任何人活着，即使你并不认识巴黎，身上也有巴黎。而曾经认识巴黎的人，尤其如此。大海不羁地心不在焉，和风暴相同，就混杂了这样的记忆。不论海洋掀起什么暴风雨，巴黎有"九三年"。这个提法来得自自然然，波涛里似乎涌出屋脊来，眼前的海浪里这城市会生生不息，且不说这无休无止的晃动。洪波喧闹，我们仿佛听到了街头嘈杂的声响。好生粗粝的魅力。看望大海，看到的是巴黎。天宇底下浩浩然的寂静无声，并不妨碍这个梦。你周围浩大的遗忘对此没有丝毫影响，接受这般混乱的寂静中出现了思绪。黑暗这件沉甸甸的外套，能透过来自天边之外的微光，这微光就是巴黎。想念巴黎，就是拥有巴黎。巴黎若有若无，却和沉思默想无声地传播交融在一起。漫天星斗崇高的静谧，在一个智者的心底，也不足以消融这座至高无上的城市的高大形象，这些名胜古迹，这部历史，这勤劳的人民，这些是女神的妇女，这些是英雄的孩子，这一场场始于愤怒，终成杰作的革命，这如旋风一般的聪明才智具有神圣的强大力量,这些汹涌澎湃的榜样,这份生活,这般开天辟地。这一切的一切都在缺席者的心里,巴黎永远无法抹去,永远无法淹没,甚至对这个跌进黑暗深渊的人而言,他度过漫漫长夜,静观天地万物的永恒,在他的心灵之中,有万千星星的木然无知。

《巴黎圣母院》第一百场演出后的发言

由《巴黎圣母院》改编的剧本从1879年6月6日起在民族剧院上演一百场以后,在大饭店举行晚餐会,演员和戏剧新闻界的代表出席参加。剧院的经理感谢雨果,雨果的发言摘录如下。

我简单说几句。

所有感谢的话,应该由我来说,我不是剧的作者,我只是书的作者。

我的年龄可以接受了,接受是恭敬的一种形式。刚才大家听到的这些高雅的诗句,大家对我表达的这些动人的情意,我都接受,我鞠躬致谢。但是,也请你们接受我的激动和感激之情。先生们,我的情意献给你们的真心;女士们,我的情意放在你们的脚下。

我把我欠挚友保尔·默里斯的情意奉还给他。

亲爱的同事们,亲爱的助手们,让我们把我们紧紧团结一致的有益、可爱的景象给所有的外界看看。看到有人微笑,会清除怒气的。

但愿在宗教争论之上和政治仇恨之外,大家能感到我们有亲密的文学友情。我们在创造文明。

有一个传统,是最古老的传统,现在无须批评它,但是,无论如何,这个传统是个美丽的象征,即"圣言创造世界"。好吧,大家这么说,我也这么信,如果上帝和人民真是一致的,文学便是人民的语言。我们要坚持这一点,是文学造就民族的伟大:雅典通过荷马和埃斯库罗斯而存在,罗马通过塔西陀和尤维那利斯而称霸,法国通过拉伯雷、莫里哀和伏尔泰而独尊。三座城市,历史上仅有这几座城市无愧于"都城"这美名;"都城"似乎可以概括某个时刻整体上的人类精神。这三座城市是雅典、罗马、巴黎。但丁这名字表达了整个意大利。莎士比亚这名字表达了整个英国。让我们庆贺这些美好的结果,圣言所开创的事业由文学来继承。我们要看到,继创造世界之后,是播撒文明。

我为你们各位的健康干杯,就是说我为法国文学干杯。

迎来八十岁生日时的演讲

（1881年2月27日）

维克多·雨果迎来八十岁生日时，大家为他隆重庆祝。①2月25日晚，总理朱尔·费里拜访并赠贺礼。27日一整天，官方组织列队，加上群众游行，在雨果的住宅门前经过。当巴黎市议会的代表团停在窗下时，雨果作如下演讲。

---

① 雨果的八十周岁生日应为1882年2月26日，这里法国人民为他庆祝的是进入人生的第80年。

巴黎朋友们：

我向巴黎致敬。

我向这座浩大的城市致敬。

我向她致敬，不是以我个人的名义，我是微不足道的，而是以世上一切有生命、在思考、有思维、有爱心的人的名义。

城市是受祝福的地方，城市是神圣劳动的工场。神圣的劳动，就是人的劳动。只要是个人的劳动，就还是人的劳动。但是一旦劳动是集体的，一旦劳动的目的高于劳动者，就变成神圣的劳动。田间的劳动是人的劳动，城市的劳动是神圣的劳动。

历史不时地给一座城市放置一个标记。这个标记是独一无二的。四千年来，历史这样标出了三座城市，概括了文明的全部努力。古希腊时代雅典的地位，古罗马时代罗马的地位，便是巴黎今天在欧洲、美洲和文明世界的地位。这是城市，这也是世界。谁对巴黎讲话，便是对全世界讲话。"对罗马并对全世界。"①

所以，我这微不足道的过客只有你们人人都有的

---

① 原文为拉丁文。这是罗马教皇举行普世降福仪式时的用语。

权利的一份，我以城市的名义，以一切城市的名义，以欧洲城市、美洲城市和文明世界的名义，从雅典直到纽约，从伦敦直到莫斯科，罗马，以你的名义，柏林，以你的名义，我深情地颂扬这座神圣的城市，我向你致敬，巴黎。

世纪的儿子

只要孩子一出现

只要孩子一出现,全家的大大小小,
大声地拍手欢叫。他的小眼睛一笑,
大家也都喜笑颜开。
伤心屈辱的脸容,愁眉苦脸的额头,
看到孩子一出现,天真活泼看不够,
会把烦恼统统忘怀。

不论是时当六月,家门口葱葱茏茏,
还是在寒冬腊月围着这炉火熊熊,
椅子被排成了一周,
孩子一来,欢乐也到。人人精神饱满,

又笑又叫，大家呼宝宝，而母亲一看
孩子走，吓得直发抖。

有时，我们拨弄着炉火在高谈阔论，
谈祖国，也谈上帝，谈诗人，也谈灵魂
在祈祷时飞升轻轻。
孩子一出现，别了，老天，而祖国，再见！
再见，神圣的诗人！一本正经的谈天，
在笑声中说停就停。

夜深人静的时候，神思进入了梦乡，
听得见芦苇丛中水浪叹息的声响，
仿佛是哭泣的声音；
如果曙光像灯塔照耀，出现在天际，
黎明的光辉会在各地的田野唤起
鸟语嘤嘤，钟声不尽。

孩子，你就是黎明，我的心灵是原野；
你们亲一亲原野，原野借红花绿叶，

会熏香自己的气息。
我的心灵是森林,为了让你们喜欢,
林中的枝叶虽然幽深,现在却充满
金光灿烂,细语甜蜜。

因为,你们有无限柔情的美丽眼睛,
因为,你们的小手没做过坏的事情,
天生活泼,纯洁,可爱。
你们的小脚未受我们污泥的侵蚀,
金发的儿童!戴着金色光轮的天使!
啊!神圣的小小脑袋!

你们在大人中间,是方舟①里的白鸽,
你们纯洁的嫩脚未到行走的时刻,
一对翅膀其蓝无比。
你们望着这世界,对世界一片茫然。
身体是干干净净,灵魂是一尘不染,

---

① 据《旧约·创世纪》。洪水退时,诺亚从方舟放出鸽子,衔回橄榄枝,知陆地已近。

白璧无瑕,无瑕白璧!

孩子轻轻地一笑,孩子是多么可爱:
他什么都信,说话没有一点点掩盖,
他才哭,又马上开心;
惊讶入迷的神情浮现在他的眼窝,
他把童稚的心灵献给周围的生活,
他的嘴谁都可以亲!

主啊!千万别让我,别让我爱的人们,
兄弟、亲戚和朋友,主啊!甚至我敌人,
扬扬得意做着坏事,
别让我们在夏天见不到枝头花俏,
蜂窝里没有蜜蜂,鸟笼里没有小鸟,
别让家里没有孩子!

1830年5月18日

题解

雨果一生写儿童的诗很多。这首诗是诗人早期写孩子的名篇。1830年,雨果已是三个孩子的父亲。本诗应是他见到第三个孩子弗郎索瓦-维克多一岁半时学走路产生的灵感。有人说,云雀之于雪莱,鲜花之于彭斯,和儿童之于雨果,都是诗人心中最美好的事物。

救济穷人

富人,幸运儿,你们在冬天大摆宴席,
舞会上灯光缭乱,而旋律又快又急,
随着舞步看到的景象是多么奇绝:
雕梁画栋,闪光的明镜,玲珑的水晶,
大烛台蜡烛齐明,吊灯是一圈星星,
来宾们翩翩起舞,脸上充满了喜悦;

在你们的邸宅里,时钟正叮当敲响,
低沉的报时变成你们欢乐的歌唱,
噢!你们是否想过,有穷人衣食无着,
他也许在昏暗的十字街头停下步,

看见金碧辉煌的客厅在窗口映出
你们的舞姿正影影绰绰？

你们可想过，正当冰霜刺骨寒心，
他没有工作，是个饥寒交迫的父亲？
他低声自语："此人财产可真是不少！
盛大的酒宴席上，这么多朋友欢呼！
儿女在对他微笑，这财主多么幸福！
他们的玩具是我儿女的多少面包？"

他把你们的宴会在心中加以对比；
可从来没有火光闪耀在他的家里，
他的孩子在挨饿，孩子母亲穿破布，
祖母躺在小堆的干草上，一声不吭，
唉！正是寒冬腊月，她身上已经冰冷，
冷得简直可以送进坟墓。

因为，上帝使人类命运有喜也有悲。
有些人在苦难的重压下弯腰曲背，

在幸福的宴会上,赴宴者极为少数。
宾客也并非同样都有满意的神色。
这条对穷人似乎极不公正的法则,
对这些人说:"享受!"对那些人说:"羡慕!"

这是个凄惨、辛酸而又严酷的思想,
正在穷人的心里不声不响地酝酿。
富人,今朝的宠儿,你们图享乐痛快,
但愿不是由穷人自己从你们手中
把他眼睛盯着的这无用财产拿空——
噢!但愿这是你慈悲为怀!

大慈大悲,会受到穷人的热烈欢呼!
谁受到命运虐待,慈悲是他的慈母,
谁被踩在脚底下,慈悲扶起他的手,
慈悲紧跟着受苦受难的上帝一起,
如果有需要,可以完全奉献出自己,
慈悲说:"喝吧!吃吧!这是我的血和肉。"

但愿这是慈悲，噢！是的，是慈悲，富人！
为了穷人有饭吃，拯救你们的灵魂，
从你们孩子手中，从你们妻子胸前，
大把大把地拿走摆设、缎带和钻石，
花边、珍珠和青玉，金银财宝和首饰，
这都是虚幻的过眼云烟！

施舍吧，富人！施舍正是祈祷的姐妹。
唉！如果你们门前出现老人一位，
他全身已经冻僵，白白地跪下双膝；
如果在你们脚边，手被冻红的小孩，
在捡拾你们大吃大喝后的剩饭剩菜，
天主对你们背过脸去，天主在生气。

施舍吧！为了让使家庭幸福的上帝，
给你们女儿妩媚，给你们儿子勇气，
为了让你们家的葡萄能永远香甜；
为了让你们谷仓堆满丰收的粮食；
为了能成为善人；为了能看到天使

夜里在你们的梦中出现!

施舍吧!总有一天,我们会闭上双目。
你们的施舍就是你们天上的财富。
施舍吧!好让人说:"是他怜悯了我们!"
为了别让穷人在风雨中冷得发抖,
别让穷人在你们宴席边饿得难受,
别在你们宫殿前露出羡慕的眼神。

施舍吧!为了得到耶稣基督的爱情,
为了让坏人在叫你们时恭恭敬敬,
为了让你们家庭能平安,和睦亲切,
施舍吧!好让你们最后的时辰来临,
天上有个乞丐在祈祷,有力的声音
能为你们一切消除罪孽!

1830年1月22日

题解

　　这是一首应景而写的诗。1829年至1830年的冬天,巴黎奇寒。社会上有人呼吁募捐。雨果的这首诗在鲁昂售价1法郎,收入用来救济穷人。2月3日,《环球报》又刊出此诗。雨果一生以描写穷苦人为主题的诗篇不少,本诗可以说是小说《悲惨世界》及其他一系列诗作的一个起点。

朋友,最后一句话

朋友,最后一句话——我要永远地合上
这和我思想今后并不相关的篇章。
我不听闲人会有什么议论和嘲笑。
因为,这对涓涓的水源有什么重要?
因为,这与我何妨?我一心想着未来,
未来刮起的这阵秋风会干燥难耐,
秋风过处,就用它焦急不安的翅膀
吹走树上的落叶,吹走诗人的诗行。

不错,我是还年轻,虽然我额头正中
将会有许多激情和许多作品萌动,

如同我处在这一动荡不安的年代,
我这思想的犁刀把一条田沟挖开,
每天都会有一条皱纹刻印上额头,
可是毕竟还没有度过三十个春秋。①
我是世纪的儿子!每年有一个错误
从我思想里消失,错得自己也糊涂。
我虽然看破一切,对你们崇敬依旧,
你呀,神圣的祖国!你呀,神圣的自由!

我十分憎恨压迫,憎恨得无以复加。
因此,当我一听到酷烈的天宇底下,
在被残暴的国王统治的世界一角,
有被扼杀的人民正在呼喊和哭叫;
当我们母亲希腊被基督教的国王
让土耳其刽子手肢解得濒于死亡;
当流血的爱尔兰在十字架上咽气;
当条顿②在十王的铁链下挣扎不已;

---

① 雨果作此诗时29岁。
② 条顿是日耳曼民族的古称。

当昔日的里斯本欢天喜地又漂亮,

如今被米格尔①踩着,吊在刑架上;

而当加图②的国家由阿尔巴尼③治理;

当那不勒斯又吃又睡;而当奥地利

用胆怯者才尊为神圣的可耻节杖,

狠狠打断威尼斯这头狮子的翅膀④;

当摩德纳⑤大公国被掐得奄奄一息;

德累斯顿⑥在老王床上挣扎和哭泣;

当马德里又呼呼大睡得不省人事⑦;

维也纳攫住米兰⑧;当比利时的雄狮⑨

弯腰曲背,不得不像耕牛耕地犁沟,

现在都没有牙齿咬断自己的辔头;

---

① 米格尔(1802—1866),葡萄牙国王,1828年篡权执政。
② 加图(前234—前149),罗马政治家,以清正和反对腐化著称。
③ 阿尔巴尼(1750—1833),1831年时是意大利权势显赫的红衣主教。
④ 请参阅《东方集》中《卡纳里斯》第11节对威尼斯狮旗的描写。
⑤ 摩德纳,意大利北部城市,奥地利弗朗索瓦四世曾镇压摩德纳公国在1831年争取自由的革命运动。
⑥ 德累斯顿,德国东部的城市。
⑦ 指西班牙国王斐迪南七世借助法国军队从1823年起恢复绝对君主制的统治。
⑧ 指奥地利从1815年起占有米兰公国。
⑨ 比利时用狮旗,1810年至1830年隶属荷兰王国。

正当穷凶极恶的哥萨克①丧心病狂，
强奸披头散发的华沙，她已经死亡，
他玷污了她贞洁神圣的破烂尸布，
还扒在处女身上，脚边是她的坟墓；
于是，我诅咒兽窟、宫中的这些国王！
连他们的马匹上也都有鲜血直淌！
我感到诗人就是审判他们的法官！
感到愤怒的诗神以强有力的手腕，
可以把他们绑上当作刑柱的王座，
他们怯懦的王冠就是他们的枷锁，
还可以赶走这些有人祝福的国王，
在额头印上一句抹擦不掉的诗行！
诗神对被宰割的人民应牢记心中。
啊！于是我忘却了爱情、家庭和儿童，
忘却健康的情趣，忘却柔和的歌吟，
我把青铜的琴弦添加上我的诗琴！

1831年11月②

---
① 指沙皇俄国。
② 波兰于1830年11月29日爆发反抗沙皇统治的革命斗争，因孤立无援，1831年9月被残酷镇压。

题解

雨果在《秋叶集》的序言中表示,《秋叶集》"写家庭的诗,写家园的诗,写私人生活的诗;写心灵深处的诗"。其实不尽然。法国1830年七月革命对整个欧洲产生广泛而深刻的影响。《秋叶集》以政治抒情诗结束,下一册《暮歌集》以政治抒情诗开始,证明诗人是"世纪的儿子",是时代"响亮的回声"。

噢！千万不要侮辱一个失足的妇女

噢！千万不要侮辱一个失足的妇女！
谁知道什么压力才使她受此委屈！
谁知道她和饥饿斗争了多少时间！
这些憔悴的妇女，我们谁没有看见，
灾难的风一阵阵动摇她们的贞操，
她们疲惫的双手把贞操紧紧握牢！
如同枝头有一滴雨水，晶莹而可爱，
雨水在闪闪发光，映出天空的光彩，
摇摇树，雨滴一抖，挣扎着不肯下坠，
落下以前是珍珠，以后成污泥浊水！

错误在我们;在你,富人!你为富不仁!

这一滴污泥浊水所包含的水很纯。

为了让水珠能从尘埃中脱身而出,

重新变成最初时容光焕发的珍珠,

如同万物少不了对于光明的依赖,

只要有一线阳光,有一点温暖的爱!

1835年9月6日

题解

　　这首小诗使我们想起《悲惨世界》的芳汀,也使我们想起雨果的情人朱丽叶·德鲁埃。她在和雨果结合以前,私生活不够检点。据路易·巴尔杜在其《一个诗人的爱情》载,朱丽叶"在自己身上贴胸藏着一张纸,上面有诗人为她写着如下动人和宽容的诗句:噢!千万不要侮辱……"。

途遇

他先把施舍的钱给了最小的小孩,
想一想,为了看看他们,又停下步来。
长期吃不饱,他们脸形瘦削又憔悴。
他们四个人已经在地上坐成一堆,
把从泥浆里捡的一块黑面包
大家平分,天使才相互间不会计较,
他们吃着,都无精打采,都十分难过,
女人看到这景象,准会眼泪往下落。
他们在我们这个世界上无人过问,
孤零零四个孩子,四周却都是大人!
对!没有父亲母亲!——也没有住的安排。

无处栖身。光着脚,只有最小的例外,
可怜的宝贝,两脚走路时摇摇晃晃,
套着破旧的大鞋,只用一根线系上。
夜里,他们常常在沟渠里躺下睡觉。
因此,清早,当大树听到云雀的鸣叫,
颤颤抖抖向蓝天竖起高大的黑影,
他们都冷得够呛,只为风刮个不停!
孩子们冻红的手本是粉红的嫩手。
星期天,他们来到一处茅舍旁走走,
想捞几个臭外快。病态苍白的幼童,
唱一首下流歌曲,其实自己并不懂,
只为博取小酒店门口的脏老头子
一笑——唉!而他自己暗地里只是哭泣!
所以,有时候,感到开心的肮脏酒店,
给他们饿得慌的头上扔一枚小钱,
这地狱里扔来的罪恶的施舍发臭,
这魔鬼又在臭钱上面吐了痰一口!
此时,他们都躲在树丛后吃着东西,
却比胆战心惊的孔雀更颤抖不已,

因为,不时被别人殴打,处处被驱逐!
天真无辜的孩子每天都受罪受辱,
都饿着肚子,经过我家和你家门口,
大孩带三个小孩,没有目的地瞎走。

于是,他一边沉思,一边又望望天上。
眼中只见氤氲的大气暖和而安详,
阳光和煦,金色的翅膀在空中飞舞,
碧蓝碧蓝的天穹是一片祥和静穆,
落在这些孩子的头上,是天上小鸟的鸣叫,
是小鸟幸福而又得意的欢笑。

1839年6月
(手稿:1837年4月)

题解

《途遇》标志着雨果诗歌创作中一个新的方向，即社会主题的方向。这个方向以后在《惩罚集》和《静观集》中更有发展。《秋叶集》的《救济穷人》在向富人乞求怜悯，而《途遇》内容具体，是社会现实的写照，反映诗人对穷人，对穷苦孩子真心实意的同情。

你会回你伟大的巴黎

你会回你伟大的巴黎,
年岁重重,如同伏尔泰[①];
你会被人请去又请来,
游乐场所,或出席典礼;

你垂死时,会满载荣誉;
在你家里半闭的门口,
有人大清早窃窃私语,

---

① 伏尔泰于1778年逝世。是年2月,他从瑞士边境小城费尔奈返回阔别28年的巴黎,接二连三的荣誉和庆祝,使他身心疲劳,于5月30日病逝。

特意加上一句:还没有!

你会是老头,又是儿郎;
你会享受正当的福分:
因为善良,以为你愚蠢,
因为愚蠢,以为你善良。

题解

　　这首小诗手稿无创作日期。专家估计,应写于1878年。1878年5月30日,伏尔泰逝世100周年,雨果主持纪念会,并发表长篇演说。雨果是法国文学史上唯一可以和伏尔泰相互比较的两位作家。两人都多才、多艺、多产。两人长寿,伏尔泰84岁,雨果83岁。两人都因政见被迫长期离开首都巴黎,伏尔泰28年,雨果19年。两人回国、回巴黎时,都载誉而归,都在光荣中死去。两人都在5月下旬离开人间。这首小诗短小精悍,文辞幽默,颇有伏尔泰擅长的讽刺短诗的遗风。

附录

芳汀的由来①

《芳汀的由来》一文最初发表在雨果的《见闻录》中。但是，从语气上看，并非雨果本人的作品。此文应该是雨果的妻子阿黛尔为1863年出版的《雨果夫人见证录》准备的材料。

维克多·雨果于星期天入选学士院。②两天后，当时住在拉菲特街的吉拉尔丹夫人请他吃晚饭。晚餐席上还

---

① 标题根据马森主编的《编年版雨果全集》等原著出版社的意见所加。
② 雨果于1841年1月7日入选为法兰西学士院院士。

有比若①,当时还是将军,刚被任命为阿尔及利亚总督,即将赴任。

············

维克多·雨果早早离开吉拉尔丹夫人。这是1月9日。下着鹅毛大雪。他穿着薄薄的皮鞋,他一走到街上,看到不可能步行回家了。他走下泰布街,知道在这条街的街角有去大街上的轻便马车。马车一辆也没有。他这样站着等候,看到一个穿戴入时的年轻人,衣着华丽,弯下身子捏了个大雪团,塞进一个站在大街上袒胸露肩的姑娘的背上。

这女孩子尖叫一声,跌倒在这时髦的人身上,并打他。这年轻人回打她,女孩子回击,战斗越打越凶,越打越远,终于警察赶来了。

他们逮住少女,而没有碰一下那男人。

这可怜的女人看到警察抓的是她,便挣扎起来。可当她被紧紧抓住时,表现出极大的痛苦。

当两个警察一边一个,抓住她的手,逼着她走时,

---

① 比若(1784—1849),法国元帅,最初反对法国占领阿尔及利亚,任阿尔及利亚总督后,极力推行军事占领政策。

她叫起来：

"我没有做坏事，我向你们保证，做坏事的是这位先生。我没有罪。求你们了，放开我吧。我肯定，肯定没有做坏事！"

"——得了，走；你又得关6个月了。"可怜的姑娘一听'你又得关6个月了'，又开始为自己辩护，更是恳求不已。警察不为她的眼泪所动，把她拉到歌剧院后面的肖达街的警察局。

维克多·雨果不知不觉和可怜的女人产生了关系，挤在这种情况下不会不在场的一大堆人里，跟着他们三人走去。

维克多·雨果到警察局附近，产生了进去为这个姑娘说话的想法。但他一想，自己是个大名人，两天前的报纸上满是他的名字，和这样一件事情搅和在一起，会给种种恶作剧提供口实。总之，他没有进去。

这个姑娘被带进去的大厅在底层，窗子开在街上。他通过玻璃窗观看里面的情况。他看到可怜的女人因为绝望而趴在地上，乱揪自己的头发；他同情心起，开始思考，他思考的结果是他决心进去。

他的脚刚跨进大厅,一个坐在烛光下写东西的人,以不容人辩说的简短语气对他说:

"先生,你想干什么?"

"先生,我是刚才那件事情的见证人。我来陈述我见到的情况,为这位妇女向你们求情。"

听到这话,那女人看看维克多·雨果,惊讶得说不出话来,仿佛惊呆了。

"先生,你的证词也许有点关系,但没有任何价值。这个姑娘在公共场所犯有行为粗暴罪,她打了一位先生。她又得关6个月的监狱。"

这姑娘又开始抽泣,又是喊叫,又是打滚。来看她的别的姑娘对她说:"我们会来看你的。你安静点。我们会给你带衣服来。先把这些拿着。"同时,她们给了她一点钱,一点糖果。

"先生,"维克多·雨果说,"你要是知道我是谁,也许你的口气、你的话语会不同的,你会听我说话的。"

"那你是谁呢,先生?"

维克多·雨果看不出有什么理由不报出自己的姓

名。他报出自己的姓名。警察分局局长，因为这是位警察分局局长，忙不迭表示歉意，还变得很有礼貌，恭恭敬敬，而刚才可是傲慢至极，给他端来椅子，请他务必坐下。

维克多·雨果告诉他自己看到的事情，是亲眼看见，有位先生抱起一大包雪塞进这个姑娘的背上，而这个姑娘都没有看见这位先生，她叫出声来，说明十分痛苦。不错，她是扑在先生身上，但她是自卫，且不说事情如何粗暴，这一团雪造成的刺骨的冰冷有时会给她造成十分严重的伤害。非但不应剥夺这位姑娘——她也许有母亲，或有孩子——的面包，这面包挣来好可怜，倒是这个对她有如此企图而犯罪的男人，应该判他损害赔偿。最后，本来应该逮捕的不是这个姑娘，而是这个男人。

在陈词辩护的过程中，这个姑娘越来越惊讶，脸上露出喜悦和温柔的神色。"这位先生真好！"她说，"天哪，他真好！可我没见过他，我根本不认识他！"

警察分局局长对维克多·雨果说：

"先生，你的陈述我都相信，但是两个警察已经作证，开始写违警通知书。你的证词也要收入这份违警通知书的，你可以放心。可是司法有程序，我不能释放这个姑娘。"

"怎么说，先生，我说了这些话，都是实话——你无法否认的实话，你也没有否认——你还要扣留这个姑娘？这样的司法是可恶的、不公正的。"

"只有一种情况，先生，我才可以让事情停止下来，就是你给你的证词签个字，你可以吗？"

"如果这位妇女的自由取决于我的签名，我这就签。"

维克多·雨果签了名。

这个妇女不停地说："上帝！这位先生真好！天哪，他真好！"

这些可怜的妇女不仅在我们有同情心的时候，会惊讶，会感激，在我们办事公正的时候，同样也会惊讶，也会感激。